COLLECTION FOLIO

Jean-Noël Pancrazi

Long séjour

Gallimard

Jean-Noël Pancrazi collabore au *Monde des livres* et est l'auteur de plusieurs romans dont *Les quartiers d'hiver*, prix Médicis 1990 (Folio n° 2428), *Le silence des passions*, prix Valery-Larbaud 1994 (Folio n° 2749), *Madame Arnoul*, prix du Livre-Inter 1995 (Folio n° 2925) et *Long séjour*, prix Jean-Freustié 1998.

à Roger Pancrazi

Il ne me reconnaissait pas quand j'entrais dans la chambre de la Maison Eugénie. Il était étendu sur le lit, dans la veste de son vieux costume gris, aux fines rayures blanches, qu'il gardait en permanence sur son pyjama. De la poche gauche dépassait une bourse pleine de rasoirs Bic jetables; la manche droite était ceinturée par un brassard où on avait cousu, en grandes lettres bleues, le nom de la clinique, pour qu'on l'y ramenât si jamais il réussissait à s'enfuir : on l'avait plusieurs fois surpris rôdant, à minuit, dans le couloir du long séjour, avec sa valise de cuir brun, aux angles ferrés — celle de tous les déménagements, de tous les adieux; il butait dans l'obscurité contre les murs, à la recherche de l'escalier principal, tendu, exalté et anxieux comme si on venait de le convoquer, en pleine nuit, sans lui en indiquer le motif, dans un commissariat, à l'autre bout d'Ajaccio.

Son visage figé, à la peau devenue si râpeuse à cause de l'âge, de l'abandon, de l'absence de toute caresse, qu'on oubliait depuis longtemps de lui prodiguer, portait encore, près de la tempe gauche, la cicatrice de la blessure qu'il avait eue, le jour d'octobre où il avait été heurté par une moto, en traversant à toute allure le cours Napoléon, dans un de ces périples de marathonien survolté et aveugle qu'il accomplissait, pour se prouver qu'il avait encore de bonnes jambes, jusqu'au motel des Salines (où il avait un temps vécu, et on avait l'impression, lorsqu'il prononçait ce mot de « motel », qu'il devenait — lui si frêle et désuet — le héros malgré lui d'un road movie méditerranéen).

Il s'était presque aussitôt relevé malgré l'étourdissement de la douleur, avait essayé de redonner une forme à son chapeau cabossé, d'aplanir l'aile de feutre anthracite, de défroisser le ruban de satin gris plus clair, évitant de dévisager le conducteur de la moto pour ne pas lui donner l'impression qu'il l'accusait, lui adressait le moindre reproche, avait refusé qu'on l'emmenât à l'hôpital pour y être examiné et avait balbutié, avec une humilité désemparée, vers les passants qui l'entouraient à l'angle du boulevard quelques mots d'excuse pour le retard qu'il leur occasionnait, les tracas qu'il leur causait. Il s'était éloigné d'eux avec une fierté déboussolée, avait remonté, en vacillant, la pente si ardue des Jardins de l'Empereur, se rappelant, pour ne pas trébucher dans les ornières du vague trottoir de terre creusé par les orages d'automne et qu'on avait toujours négligé de cimenter, son vieux devoir de dignité qui lui commandait de « tenir le coup », de ne jamais tomber.

Sans doute n'avait-il pas eu la force d'aller jusqu'à sa chambre, au fond de l'appartement de l'immeuble Wagram qu'après la mort de Xavière et d'Aimable, à qui il avait appartenu, la famille lui avait permis d'habiter « en attendant mieux » ; mais ce « mieux » n'arriverait jamais. Il s'était étendu sur le canapé de la salle à manger avec, près de lui, dans l'ombre des volets que les dépôts de rouille empêchaient de rabattre complètement vers les angles du balcon d'où on apercevait une part de mer entre les collines de bas maquis, les objets, qui lui restaient, de son existence d'errance pauvre : le pouf écarlate, orné d'arabesques noires et blanches, qui demeurait son seul souvenir d'Algérie et gardait peut-être encore pour lui, dans son volume un peu flapi, la chaleur de l'oasis de Laghouat où il l'avait jadis acheté ; la ménagère, qui lui avait été concédée par ma mère au moment du partage du divorce, posée sur le bahut en simili acajou de Xavière, et dont il entrouvrait parfois le coffret pour retrouver dans le velours bleu nuit des compartiments l'empreinte d'une main aimée et perdue avant de caresser les manches en nacre rosée des couteaux de gala qu'il était trop seul pour imaginer même s'en servir un jour ; et le téléviseur, qu'il recouvrait d'ordinaire d'un tissu pour éviter que l'écran ne fût terni par le soleil ou un voile de poussière. Il tenait tout contre son oreille le petit transistor rouge, qui grésillait toujours, comme s'il n'était jamais parvenu à trouver la bonne fréquence de sa vie, et puisait dans ce fond de musiques et de voix brouillées un peu de réconfort, l'illusion d'un lien avec le monde.

Quand je l'appelai quelques jours plus tard, il n'eut pas la moindre plainte tant il avait pris l'habitude de ne jamais rien demander, s'était fait une règle de ne jamais implorer le moindre secours. Il luttait contre la faiblesse de sa voix, essayait de dominer son essoufflement et même de rire quand je l'interrogeai sur ce qu'il continuait à appeler, avec une pudeur panique, son « petit accident ». Ce n'était rien, ce n'était pas la peine que j'aille le voir — me disait-il comme pour éteindre d'avance mes remords, m'attribuer un gage de dévouement à distance. Il ne cessait, tout au long de notre conversation, de me remercier pour l'un de ces coups de fil, pourtant si rares, que je lui donnais, et dont je découvrirais, plus tard, qu'il en inscrivait le jour et l'heure exacte, en notait même la durée sur de petits carrés de papier bleu juxtaposés, telles des reliques d'affection, sur la table, à côté du téléphone. Je terminais en lui annonçant la date à laquelle je viendrais le voir et que je ne claironnais que pour mieux ensuite la différer, cloué à Paris par un de ces improbables rendez-vous d'amour qui devaient avoir lieu la semaine suivante et me faisaient reculer indéfiniment le moment de retenir un billet d'avion, une de ces passions très aléatoires qui me permettaient surtout d'assouvir mon goût du tourment, ou la simple fascination mécanique pour les fêtes de nuit qui, avec leurs distributions de remplacement, ne m'apparaissaient plus que comme des galas Karsenty du plaisir, des remakes édulcorés des parades flamboyantes de jadis.

Peut-être n'étais-je pour lui, quand j'allais à la Maison Eugénie et m'approchais de son lit, que le sosie involontaire de ce fils dont il m'avait dit, un jour, en me regardant, qu'il devait lui rendre bientôt visite, ou simplement l'ombre d'un infirmier, du masseur qui, pendant quelques minutes, chaque matin, venait, sans qu'il s'en aperçût, lui prendre sa main qui, raidie sur le côté, tremblait tellement parfois qu'on aurait dit, lorsqu'elle heurtait le mur, le choc entre eux de plusieurs osselets secoués dans un même sac de peau. Ses lèvres ne s'ouvraient que pour murmurer — mais avec une telle conviction qu'il m'arrivait, à mon tour, de douter de la réalité du monde, de croire à la vérité de ces hallucinations qui devenaient, d'ailleurs, au fil des mois, de plus en plus inoffensives, lumineuses et presque heureuses — « Ils s'amusent là-haut… »

Il croyait apercevoir, alors qu'avec la fin de la belle saison les volets en étaient presque tous fermés, une fête qui se déroulait sur la plus haute terrasse de la Résidence des Îles. Il ajoutait : « Il y en a des invités... Il en arrive du monde... », avec une jubilation inquiète comme s'il craignait que le balcon ne les contînt pas tous ; et il avait le même regard de regret ébloui que lorsqu'il allait — le soir de la réception de juin à la Villa de l'Administrateur à laquelle il avait été l'un des rares Européens de Saint-Arnaud à n'avoir pas été convié — se poster, dans son costume du dimanche, sur le talus de sable, à la droite du portail ; il voyait passer, à la fois attentif et rêveur, les invités, s'écartait ou les guidait dans la nuit au gré du sirocco qui attisait ou manquait éteindre les flammes des torches géantes, tel un vigile supplémentaire qu'on aurait engagé à la dernière minute et dont on aurait oublié, dans la griserie des préparatifs, de déterminer le rôle, de préciser la mission.

Ou bien il disait : « Ils se la coulent douce, les militaires... », en imaginant que des soldats, au cours d'une trêve qui s'éternisait et prenait des allures de paix définitive, jouaient aux cartes sous les orangers, près de leurs fusils abandonnés que recouvrait la poussière des tamaris et des lauriers-roses effrités par le vent de la mer. Il tentait alors de dresser son bras si maigre, si faible, vers le plafond comme si on l'avait choisi pour procéder au lever aux couleurs, dans un écho de trompette qu'il était seul à entendre sur cette esplanade de gloire que le monde devenait soudain à ses yeux. Un matin, on aurait dit, tandis qu'il essayait de redresser son corps tout entier, qu'il voulait se mettre au garde-à-vous en criant presque que le général Bugeaud allait venir le décorer : peut-être remontait en lui un très ancien besoin de reconnaissance, un très vieux désir d'élévation et d'estime — lui qui, toute sa vie, s'était placé si loin, à l'écart de tout honneur, qu'il n'imaginait jamais que l'un d'eux pût lui être accordé un jour et avait toujours considéré, avec une frayeur d'avance coupable, l'obtention éventuelle d'une faveur.

Je l'aidais à se lever pour l'emmener vers la table et le plateau-repas devant lequel il s'asseyait, si voûté que son front butait contre le col de la carafe d'eau. Il tenait la main gauche recroquevillée sur la poitrine ; l'autre tâtonnait sur la poche de Prisunic autour de laquelle il avait noué une ficelle. Tel le paquetage d'un fugitif emportant de quoi survivre, elle contenait quelques sucres, de vieux sachets de vitamines et la lampe torche avec laquelle, les derniers temps — après avoir cru remarquer, à la nuit tombante, depuis la fenêtre de la salle à manger, un homme qui, juché sur un poteau télégraphique, le surveillait et menaçait de l'abattre —, il faisait, dans la nuit, le tour de l'appartement, inspectait le moindre recoin d'ombre, scrutait le dessous des meubles, les plinthes délabrées et la naissance des fissures ; il ne s'arrêtait que devant la porte où il appuyait à l'aube son pauvre corps qui tremblait de maigreur, de peur et de vigilance guerrière en guettant l'apparition du moindre pas dans le silence de l'immeuble Wagram, telle la dernière sentinelle solitaire, nerveuse et tendue par une vaillance absurde d'un bastion que nul n'aurait songé à prendre et qui n'était mentionné sur aucune carte d'état-major.

Dans un réflexe de dignité, il refusait, avec un balancement presque coléreux de la tête, que je l'aide à prendre sa cuillère. Il allait la chercher du bout des doigts, arrivait enfin à la saisir en comprimant son poignet droit avec l'autre main, plus valide, l'amenait à hauteur de son cou, de son menton ou vers les yeux, comme s'il ne se rappelait plus son visage, ne se souvenait plus de la place de ses lèvres. Il s'éclaboussait partout sans que je pusse, tant je craignais d'embrouiller davantage ses gestes d'automate déréglé, poser, ajuster où que ce fût la serviette qu'il repoussait dans des mouvements secs et répétés du coude comme si son bras se dérobait instinctivement à cette dernière humiliation.

Puis il se laissait conduire dans le couloir du long séjour ; les infirmières, que nous croisions, me disaient : « Il ne demande jamais rien, vous savez… C'est le moins embêtant de tous… Le plus gentil… Parfois, il nous suit… Il veut nous accompagner jusqu'au deuxième étage… », l'une d'elles ajoutant, une fois, avec une sorte de compassion grivoise : « Un soir, il m'a pris la main, m'a demandé s'il pouvait venir dormir avec moi… Ça m'a fait de la peine de le laisser dans le couloir… »

Il avançait à mon bras, déséquilibré par le poids du vieux portefeuille qu'il gardait dans la poche gauche de sa veste et qui contenait — pliés en de minuscules carrés — des souvenirs de lettres dont l'écriture était presque entièrement effacée par le temps ; des articles, découpés dans différents journaux, indiquant des droits sociaux qu'il avait peut-être songé à obtenir sur le coup mais qu'il oubliait, bien sûr, par la suite, de réclamer ; d'autres relatant dans *Le Provençal-Corse* des réunions ou des fêtes au club du troisième âge de la rue du Roi-Jérôme auxquelles il avait jadis participé ; la carte de l'Association nationale des anciens combattants des Unités territoriales en Algérie qui, chaque fois qu'il la regardait, lui donnait une bouffée de fierté patriotique ; des annonces de rassemblements ou de banquets organisés dans des villes du sud de la France par des amicales de rapatriés auxquelles il se promettait d'adhérer avant d'y renoncer au dernier moment par aversion envers toute nostalgie collective ou folklore commémoratif ; la liste des courses qu'il projetait de faire à Monoprix, si nombreuses qu'on eût dit qu'il devait alimenter l'immeuble entier ; les notes des restaurants où il invitait régulièrement, y consacrant une bonne part de sa mince retraite, de lointains petits cousins pour les remercier des menus services qu'ils lui avaient rendus à son arrivée à Ajaccio et se donner — le temps, au moins, d'un déjeuner chez Paulo ou à la Taverne Ajaccienne — l'illusion d'un cercle de famille ; les étiquettes qu'il avait, parfois, préparées plusieurs mois à l'avance et où il avait écrit, en lettres rondes et appliquées, mon adresse pour les envois mensuels des colis de canistrelli qu'il négligeait, même s'il les aimait, de s'acheter pour lui-même ; une carte de Maïté Marcelessi qui le remerciait pour les conversations « hors des limites du temps » qu'ils avaient eues ensemble sur un banc, au bord de la route de l'Ospedale où il la raccompagnait ; le dernier relevé de la somme placée sur son livret Écureuil : il n'y avait pratiquement pas touché et ne semblait l'avoir gardée que pour acquitter lui-même, pendant deux ans, le forfait du long séjour, après il pourrait mourir. Il se raccrochait, en avançant, à ce volume de cuir fané, à cet entassement de papiers millimétrés comme s'il était le seul bien qui lui restait et le soutenait encore.

Il avait la même démarche volontaire et cassée que les matins d'hiver où, à son retour d'Algérie, après l'Indépendance, il partait à la recherche d'un emploi à travers Perpignan. Je le regardais, le cœur serré, s'éloigner, au petit matin, dans la rue du Taulis (il n'avait pas vraiment dormi dans le lit, à côté du mien, dans la chambre de l'appartement qu'on nous avait prêté pour quelques mois : je le surprenais parfois, dans la nuit, les yeux ouverts, les lèvres frémissant sans cesse comme s'il répétait les répliques d'un entretien d'embauche). Il flottait un peu dans l'imperméable élimé, qu'il portait même les jours de grand soleil, tâtait, tous les deux ou trois mètres, dans la poche intérieure de sa veste, son certificat d'employé à la minoterie des Eulma et vérifiait qu'il n'avait pas oublié le stylo avec lequel il allait cocher les offres d'emploi de *L'Indépendant*, le journal local qu'il achetait au kiosque du Palmarium et qu'il déployait, assis sous un palmier, à l'angle de la place, en se donnant, par souci de dignité, un air de flâneur matinal, de voyageur en transit qui voulait profiter des toutes premières heures du jour pour visiter une ville étrangère. Il éliminait, l'une après l'autre, les offres d'emploi parce qu'il s'estimait trop âgé ou ne se jugeait pas « à la hauteur », finissait, parce que le temps passait, par les cocher un peu au hasard avant de déplier le plan de la ville et de la banlieue pour repérer l'usine ou le collectif de bureaux qui les proposait. Il se levait précipitamment quand un bus arrivait, se hissait sur la pointe des pieds pour essayer de lire, malgré sa myopie, la direction sur le panneau avant. Il n'en finissait pas, une fois monté dans l'autocar et agrippé au rebord d'une vitre, de se demander (car il n'osait pas interroger les autres passagers) s'il ne s'était pas trompé, si c'était vraiment le chemin de Saint-Gaudérique ou du quartier de la Llabanère.

Il se précipitait à travers les cours des usines ou des ateliers, affolé de ne pas arriver à temps, mais il n'hésitait pas à laisser passer devant lui quelqu'un qu'il considérait — à la mine, aux vêtements — plus malheureux que lui. Il exhibait devant le contremaître, avant même qu'il ne le lui demandât, son certificat, racontait, dans une divulgation précipitée, un élan de scrupule enflammé, tout ce en quoi consistait son emploi passé à la minoterie des

Eulma sur les hauts plateaux sétifiens, sans se rendre compte que, à mesure qu'il parlait du broyage des grains et du raffinage de la semoule, il s'enfermait dans la démonstration d'une spécialité au lieu de suggérer d'autres capacités que, par pudeur, habitude de l'effacement, pli de la minorisation de lui-même, il préférait taire ou avait même fini par oublier. Il détournait la tête, au bord des larmes, lorsque l'employeur, exaspéré par la candeur obstinée de ses propos, lui lançait : « Mais où vous voyez des blés, vous, ici ?... »

Alors il repartait, voûté, comme suppliant que le monde s'ouvrît sur une plaine de blés, que des épis naissent partout autour de lui dans les terrains vagues. Il s'y égarait parfois, manquant trébucher dans les pans de son imperméable où, à cause des dégraissages de moins en moins fréquents, réapparaissaient les halos de cambouis des machines qu'il était, avant, chargé de surveiller la nuit dans les salles de la minoterie. Il rejoignait l'avenue du Bas-Vernet qui, avec ses platanes nus et ses balcons éteints par l'hiver, devenait à ses yeux l'artère d'une ville du Nord. Il revenait à pied à la maison pour économiser son ticket de bus et tenter de se délivrer, en marchant, de sa peine, de sa peur de nous décevoir, de devoir nous annoncer que sa quête d'un emploi avait été, une fois de plus, infructueuse. Il montait très lentement l'escalier — le temps de se composer dans l'ombre des marches un masque de contentement et d'optimisme —, nous disait invariablement, après avoir suspendu l'imperméable dans le hall et ouvert, avec une détermination jouée, la porte de la cuisine, où nous l'attendions avec un mélange de gêne, d'espérance et d'appréhension, qu'il croyait avoir fait « bonne impression », qu'il était enfin sur une piste sérieuse, que, cette fois, « ça allait marcher ». Et puis, un jour, peut-être parce qu'il avait entendu la veille, devant moi, la réflexion d'une voisine qui, du haut de son balcon, lançait à une autre locataire, et comme pour en prévenir l'immeuble entier, que « ça n'avait pas l'air de rouler sur l'or au quatrième », il rentra plus tôt que de coutume et nous annonça avec un accent de fierté surexcitée, de soulagement exalté, qu'il avait trouvé un emploi de magasinier à l'usine des poupées Bella.

Nous le regardions alors prendre le bus à la station de l'avenue de la gare. Il levait ses petits bras maigres au-dessus de lui, nouait ses mains vers le ciel dans un signe de triomphe sportif qu'il remportait sur le sort et la vie : il était en train de gagner, on pouvait à nouveau compter sur lui. Mais il revenait si triste et harassé le soir ; nous mettions son mutisme sur le compte de la fatigue, des multiples preuves qu'il devait donner de son adresse et de son endurance et nous nous abstenions de lui poser la moindre question sur son activité. Il nous révéla simplement quelques jours plus tard, alors que ma mère s'étonnait qu'il n'eût pas obtenu la moindre avance, qu'il était encore « à l'essai », que la paye viendrait plus tard. Il ajouta, avec un grand rire dont il me semblait qu'il le prolongeait un peu trop, qu'il courait dans le magasin avec son chariot plus vite que tous les « petits jeunes » et qu'on ne tarderait pas, sans doute, à lui accorder une « prime de vitesse ».

Mais, un matin, alors que, profitant de l'annulation du cours d'un professeur, je me promenais avec des camarades du lycée à travers Perpignan, je l'aperçus soudain, à l'angle de la place Cassanyes. Il oscillait dans les rafales de la tramontane glacée et flottait, plus que jamais, dans l'imperméable qu'il ne s'était même pas soucié de boutonner pour se protéger du froid. Il fut tellement surpris de me voir, étourdi par la tentation d'un mensonge qu'il n'arrivait pas à improviser, qu'il vacilla un peu et dut se retenir au rebord de la vitrine du magasin de meubles. Au lieu de courir vers lui, de le prendre dans mes bras, de lui crier que cela n'avait pas d'importance, que nous étions prêts à faire d'autres sacrifices, que j'allais, tout de suite, renoncer à l'abonnement au ciné-club de Marcel Oms que, dans la contagion de son enthousiasme simulé, il m'avait incité à prendre, je n'eus pas le moindre geste vers lui. Je me détournai même et, toute ma vie, je garderais intacte la honte de ce misérable mouvement de vanité sociale.

Lui, il se tenait face à moi avec, dans les yeux, l'imploration muette que je ne révèle rien à la maison, que je le laisse repartir avec cet *Indépendant* qu'il gardait à peine, comme sur le point de le lâcher, au bout des doigts, et qu'il n'avait peut-être même pas ouvert, ce matin, sur la place du Palmarium tant il était découragé d'avance, sûr qu'aucune annonce ne correspondrait à sa spécialité d'employé à la minoterie des Eulma, dont le certificat lui paraissait ne plus servir à rien : il continuait à le porter sur lui comme le visa expiré d'un exilé réduit à compter les heures qui le séparaient du moment où on l'obligerait à repartir.

Il s'éloignait, se ramenait bientôt, au bout de la rue des Remparts-Saint-Jacques, à une pauvre silhouette ballottée par les rafales de la tramontane et gagnant les ruelles de plus en plus sombres et froides où il était sûr de ne rencontrer personne. Là-bas, du côté de Saint-Assiscle puis du quartier des Gitans où il rôderait en attendant la nuit, avec son allure de malfaiteur déboussolé qu'une bohémienne n'avait même pas envie d'arrêter pour lui lire sa ligne de chance et qui, au bout du rouleau, ne tenait encore debout que par le souvenir de ses enfants. Il faisait nuit noire — même les lumières des lampadaires étaient éteintes le long de la Basse — lorsqu'il revint. Dès qu'il ouvrit la porte de la cuisine avec une énergie trop brusque, trop affirmée pour qu'on ne sentît pas qu'il l'avait conquise, pas à pas, sur la détresse, il dit, sans me regarder — mais c'était surtout pour me dispenser de jouer à mon tour la comédie —, que l'essai, à l'usine, n'avait pas été concluant, et, avec un petit rire qui paraissait calibré d'avance pour ne pas risquer de s'enrayer, que les poupées Bella lui avaient fait faux bond, n'avaient pas voulu de lui.

Je m'en voudrais toujours de l'avoir laissé partir quelques semaines plus tard — car il ne voulait plus nous imposer la tristesse de ses retours d'embauche inaboutie —, un soir de janvier, avec sa valise et son petit transistor rouge enfoncé dans la poche de son imperméable, dérivant, là-bas, dans la pluie froide qui noyait le quai de la Basse et les îlots de lauriers-roses, à moitié endormi par les tranquillisants ordonnés par le psychiatre chez qui on l'avait conduit après qu'il avait tenté d'étouffer ma mère (cette scène que je n'avais pas immédiatement comprise : il y avait d'abord eu son hurlement, à elle, qui m'avait paru simplement venir du fond d'un cauchemar ; quelques balcons qui s'étaient éclairés autour ; elle qui rôdait, à genoux, sous le drap comme un grand loup blanc, aveugle, abattu et rageur ; lui qui pleurait dans l'ombre comme un chasseur ahuri qui s'était trompé de cible, savait qu'il n'aurait droit à aucun pardon, à aucune circonstance atténuante et acceptait d'être condamné, de mourir bientôt).

Il s'en allait ailleurs, vers le petit hôtel, de l'autre côté de l'avenue de la gare, où il vivrait pendant quelques jours, comme je l'apprendrais plus tard, puis vers la maison vide entre l'étang et les vignes de Rivesaltes, dont le maire de la commune lui avait concédé un étage. Il l'occupait comme un squatter timide, solennel et courtois et n'en sortait que pour aller acheter à la Coop des tranches de jambon et des fruits dont, par un dernier orgueil, il ne choisissait pas les moins chers.

Je ne le revis que quelques années plus tard, à Paris, où il avait fini par trouver un emploi d'huissier intérimaire à l'U.A.P. Il aimait, dans son uniforme bleu sombre, galonné d'or, qui, sur son corps fluet, lui donnait presque une allure adolescente de pensionnaire de collège huppé, ouvrir la porte de l'ascenseur aux visiteurs et clients de la compagnie d'assurances. Il se flattait de les aiguiller immédiatement, sans jamais commettre la moindre erreur, car « il avait dans la tête », connaissait par cœur la spécialité de chacun des quatre-vingt-trois bureaux. Il avait pour les employés — les femmes, surtout —, qui arrivaient le matin, un mot d'encouragement pour la journée, leur souhaitait à chacun une promotion, un avancement auquel il oubliait de rêver pour lui-même.

Il avait rougi de fierté et de reconnaissance éberluée le lundi matin où le « grand patron », touché peut-être par son empressement naturel, sa déférence spontanée, qui le changeait de la servilité mécanique des autres employés, lui avait offert, en passant, une perdrix royale qu'il avait tuée pendant le week-end au cours d'une chasse en Sologne. Il en avait longtemps caressé, dans le hall, les plumes dorées, avait soulevé les ailes couleur de fougères, de mûres éteintes et de parchemin brûlé, repérant, comme pour les effacer, dans la chair blanc et violine les petites pointes de mitraille et les auréoles de sang séché. Il s'était aussitôt engagé à la partager, autant par générosité instinctive que par gêne d'avoir été ainsi distingué, au cours d'un dîner collectif avec ses collègues du rez-de-chaussée qui, dès le premier jour, l'avaient admis parmi eux en l'appelant « Roger », l'emmenaient déjeuner dans les bistrots de la rue Laffitte en lui faisant retrouver — même s'il ne riait pas toujours à leurs plaisanteries de corps de garde — le bonheur d'une camaraderie de service militaire. Lorsque j'allais le chercher, parfois, le soir, il était le dernier à partir, s'attardait toujours dans le hall à demi éteint comme s'il avait peur de manquer un visiteur qui aurait eu un rendez-vous tardif avec le grand directeur.

Pour me prouver qu'il n'était plus cet homme déchu qui allait, par honte d'être sans emploi, se cacher au fond du quartier des Gitans, il m'entraînait vers les lumières de Paris. En marchant dans la nuit du boulevard Haussmann, il gardait les yeux levés vers les balcons ou les baies des appartements illuminés, penchait légèrement la tête sur le côté pour tenter d'en distinguer et d'en évaluer la hauteur de plafond. Il aimait « monter » jusqu'à la place de l'Étoile, qu'il parcourait en entier, émerveillé, lorsqu'il revenait au point de départ, comme s'il avait accompli le tour du monde ; « descendre » vers le pont de l'Alma où il regardait passer les bateaux-mouches. Ils avaient pour lui l'allure et le luxe de paquebots géants qui voguaient vers l'Océan, qu'il ne connaissait pas encore et ne verrait jamais. Quand apparaissait l'étrave du *Moulin rouge*, son préféré, dont les lumières et la musique de casino donnaient soudain aux bords de la Seine l'apparence d'une Riviera en fête, il s'écriait avec une jubilation qui emportait une dernière hésitation nostalgique : « C'est plus beau que les Aurès, non ?... »

Nous dînions, parfois, en revenant, dans une brasserie de l'avenue de Wagram où entraient, entre deux répétitions ou enregistrements de nuit au théâtre de l'Empire, des vedettes de l'époque. En reconnaissant Pascal Danel, il s'était mis à fredonner *Les neiges du Kilimandjaro*, les yeux chavirés de gaieté comme si, par un miracle de technique ou de printemps, affluaient vers eux les flocons tombés du ciel d'une lointaine Afrique. Ce soir-là, il m'était apparu, rêvant de savanes, de volcans et d'antilopes blanchies, plus jeune que je ne le serais jamais. Lorsque je m'inquiétais de la note qui allait grever sérieusement son petit salaire d'huissier intérimaire, il s'écriait avec la prodigalité grisée et un peu ostentatoire de ceux qui brûlent leurs derniers carats : « On va taper dans la cagnotte... », l'allocation des rapatriés, qu'il avait enfin touchée.

Mais elle achevait de fondre avec les meilleures places aux matches de boxe (où il allait seul, presque comique lorsque — lui si frêle, si pacifique, incapable de donner le moindre coup — il bondissait de tous côtés à chaque K.-O. et mise au tapis, tel un polichinelle en gris qui mimait sur les gradins une rixe sanglante) ou pour les nouvelles pièces dans les théâtres des boulevards, qu'il avait réservées pour nous deux et qu'il exhibait dans un geste de privilège conquis et de faste victorieux.

Si je lui disais que je ne pouvais pas l'accompagner ce dimanche-là en matinée, préférant un de ces dancings d'après-midi, du côté de la porte Saint-Denis, vers lesquels il me regardait partir — même si je ne le lui avouais pas — avec une sorte d'intuition navrée, d'indulgence un peu triste comme s'il devinait que je commençais à y ruiner ce qu'il pouvait y avoir en moi d'amour et de don du bonheur, il abaissait lentement la main, rengainait les billets dans la poche intérieure de sa veste avant de murmurer avec une tranquillité un peu amère : « C'est mieux, parfois, d'être seul au théâtre... rien ne vous distrait... » Je savais qu'il n'oserait pas revendre ma place et qu'il poserait sur le siège vide, à ses côtés, le chapeau et le nouvel imperméable pour lequel il avait choisi au rayon du Printemps le beige le plus lumineux, la coupe la plus ajustée pour mieux effacer le souvenir de l'ancien et son ampleur douteuse. Il composait ainsi la silhouette d'un ami incliné, déjà endormi dans son fauteuil et qu'il réveillerait, en riant, à la fin du spectacle.

Puis nous regagnions la chambre de l'hôtel de la rue Saussier-Leroy où il m'hébergeait après mon renvoi du foyer franco-libanais pour « manque de régularité » — déjà. Je travaillais sur la table dont la toile cirée était attiédie par la pattemouille avec laquelle il avait repassé la chemise bleu clair et le pantalon, au bleu plus sombre, de son uniforme d'huissier. Il n'en finissait pas, après, de vérifier qu'il n'y avait pas le moindre faux pli comme si en dépendait la titularisation qu'il espérait obtenir pour « améliorer notre existence ». Il ne le suspendait pas dans l'armoire, le laissait là, posé sur le dossier de la chaise. Du lit, où il s'était étendu, il regardait les reflets des galons d'or cousus sur les épaules de la veste : ils étaient la preuve qu'il travaillait enfin, avait retrouvé son honneur, pris un nouveau départ. Il semblait le murmurer de très loin à ma mère, les soirs où je le surprenais, en arrivant, penché vers les compartiments de velours bleu nuit de la ménagère et déplaçant les couteaux, les cuillères comme pour préparer un souper de gala qui les réunirait à nouveau.

Pour ne pas me gêner dans mon travail, il

maintenait au plus bas le volume de son transistor rouge ; à peine avait-il, lors de la retransmission des matches, de petites exclamations étouffées quand son équipe préférée marquait un but. Avant de s'endormir et comme s'il devinait que je rêvais à la maison d'édition, dont la verrière me paraissait attirer au-delà des toits toutes les lumières de Paris, et aux cimes dorées des grilles de l'impasse qu'en revenant ensemble, un soir, sous la pluie, de l'U.A.P., nous avions vu s'entrouvrir devant une grande voiture noire où lisait à l'arrière le directeur dont le visage avait la majesté aguerrie et un peu lasse d'un vieux condottiere érudit profitant d'un trajet de nuit entre deux campagnes pour méditer ou affiner ses stratégies, il me disait : « Tu verras… Tu y travailleras un jour… Toi qui aimes tant les livres… »

Comme il semblait heureux, la fin d'après-midi d'octobre où, arrivant d'Ajaccio, il était, tant d'années plus tard, venu me rendre une « petite visite » à la Maison. Il avançait le long des galeries en claudiquant un peu, pas vraiment guéri de cette attaque d'hémiplégie qui, quelques jours avant qu'on ne décidât de sa titularisation, l'avait terrassé dans le hall de l'U.A.P. devant la porte de l'ascenseur qu'il ouvrait pour la énième fois devant un visiteur pressé. En passant devant chaque bureau — et même devant ceux qui, à cette heure, étaient déjà vides —, il retirait et abaissait son chapeau dans un geste de politesse et de respect mécaniques, osait à peine entrer dans le mien, regardait les pans de livres avec une candeur éblouie, intriguée et inquiète comme si une silhouette pouvait surgir, à tout instant, du bleu des volumes alignés, avant de me demander avec un mélange d'émerveillement et de regret : « Tu es seul, ici ?... Il est à toi, ce bureau ?... » Lui qui, toute sa vie, n'avait jamais eu de vraie place à lui, n'avait arpenté que des halls de compagnies d'assurances, des hangars d'usines de poupées ou des cours de minoteries, n'avait été que cette main anonyme qui ouvrait une porte d'ascenseur, tamponnait des bons ou glissait sur le levier d'une balance, amenait l'aiguille un peu plus loin, toujours, pour calculer au plus large, faire « bonne mesure ».

Après avoir accroché son imperméable au portemanteau, il s'était assis à mes côtés, caressant, afin de me prouver son plaisir de me voir ainsi installé, les piles de dossiers et de manuscrits, de sa main qui continuait à trembler, même si elle avait retrouvé un peu de sa vigueur à force d'avoir malaxé, dans la chambre de la clinique de rééducation de Juvisy, des boules de pâte à modeler pendant des jours entiers et parfois la nuit, avec la bravoure d'un soldat blessé qui voulait, en quelques heures, reprendre assez de forces pour repartir combattre à l'aube avec ses camarades. Quand quelqu'un entrait dans le bureau, il s'écartait un peu, posait la main sur son chapeau, faisait mine de le reprendre comme un visiteur soudain gêné de s'être attardé. Alors qu'on m'avait apporté un chèque, il s'était exclamé : « C'est ta gratification ?... »

Cette « gratification » après laquelle il avait couru toute sa vie, que madame Lleu, la propriétaire des Minoteries d'Algérie, lui avait si longtemps promise et que, pour « nous sauver », au moment où s'épuisait la cagnotte de l'allocation des rapatriés, il était allé lui demander une dernière fois, même s'il savait qu'elle la considérerait comme une prime d'arrière-garde, une rallonge périmée, une réclamation injustifiée dès lors que le temps des blés et des grands moulins était fini. Il avait longtemps attendu, à mes côtés, dans l'ombre solennelle et embaumée de l'avenue Gabriel, ne s'était décidé à appuyer sur le bouton de l'interphone que parce qu'il imaginait déjà que les policiers en faction devant l'ambassade des États-Unis le prenaient, de loin, pour un malfaiteur embusqué derrière les tilleuls. Il était resté suspendu au grésillement qui s'éternisait jusqu'à ce que la voix d'une secrétaire, d'une gouvernante, peut-être, lui dise — après qu'il eut répété son nom et ajouté, en balbutiant, que c'était pour « un problème personnel » — que madame Lleu était absente pour plusieurs jours. Mais, quelques instants plus tard, nous l'aperçûmes devant la baie qui s'illuminait au premier étage. Elle levait la main vers des silhouettes en tenues de soirée et semblait, dans un geste de résurrection impériale, appeler ses invités à entrer dans un nouvel âge d'or qui débutait pour elle à deux pas des jardins de l'Élysée.

Et la principale souffrance que j'avais éprouvée le jour de mon éviction de la Maison, quelque temps après, fut de l'entendre encore me dire, alors qu'il sortait du bureau et se laissait éblouir par la verrière dorée comme si s'éclairaient pour lui, dans la nuit d'octobre, toutes les minoteries du monde : « C'est bien… Tu es titularisé, toi… Tu vas rester ici toute ta vie… »

Je l'amenais vers la salle de télévision où ils étaient presque tous réunis ; mais ils semblaient ne pas voir l'écran, ne pas comprendre le sens des images et des mots de ce feuilleton du matin, avaient seulement parfois des gloussements à contretemps, excités ou gênés — d'enfants assistant à la projection d'un film qui n'était pas de leur âge. Il ne voulait pas aller vers les hommes qui se tenaient en rang, hébétés, sur le côté gauche, dans la pénombre striée de lumière telle une bande de buveurs assommés avant midi dans le fond d'un café de quartier. Il m'entraînait plutôt, en m'agrippant davantage la main, vers les femmes assises, ensemble, à l'autre bord — devenues presque semblables avec leurs visages blêmes et figés où les frictions savonneuses semblaient avoir retiré un dernier halo de rose, le dernier souvenir d'une teinte de peau ; leurs cheveux blancs trop serrés par une barrette identique, en corne brune et grossière, placée, pour toutes, sur le même côté, à la même hauteur du crâne, comme si une infirmière ferme et rapide avait poinçonné en série les mèches sur leurs têtes alignées de figurines basculées ; les pieds nus, immobiles, posés sur le parquet, si frêles et transparents qu'on aurait dit de vieux socles de cartilage à peine retenus par les sangles croisées des veines, épaisses et d'un bleu très dur. Ces bases de chair poreuse risquaient de s'effriter si elles ramenaient trop brusquement les chevilles l'une contre l'autre, comme elles le faisaient parfois pour rassembler, ne pas laisser perdre le peu de vie qui leur restait, de même que leurs doigts s'unissaient sur le petit mouchoir qu'elles chiffonnaient tellement à longueur de journée qu'il n'était plus qu'une boule de larmes, un minuscule globe de tissu saccagé auquel elles se retenaient pour ne pas tomber.

Pourtant elles demeuraient raides sur leurs chaises, maintenues droites par un réflexe de fierté atavique, de vieil honneur qu'elles amenaient du cœur sacré de la Corse, du fond de leurs maisons aussi sombres et silencieuses que des églises, et qui venait mourir avec elles au bord de la mer : il n'était plus, aujourd'hui, dans l'île — mais elles n'avaient pas eu le temps de le savoir — qu'un accessoire du crime, un mot désuet, archaïque dont on ne se servait que pour recouvrir à la va-vite, dans une justification bâclée, un alibi rapide, le meurtre de vengeance mafieuse qu'on venait d'accomplir.

La tête haute, souvent, dans leur amnésie solennelle, les lèvres rétrécies par le vain effort des prières qu'elles n'arrivaient plus à prononcer, elles portaient comme des robes de cérémonie leurs chemises de nuit où, sur le tissu plus doux du col — le reste de l'habit étant rêche, paralysé par le fer à repasser qui avait aplani la moindre ganse —, était cousu en capitales bleu roi le nom d'Eugénie. Et ainsi altières, souveraines, inconscientes et vaincues, elles avaient l'allure de gouvernantes royales réunies par une solidarité hébétée dans l'ombre d'une impératrice défunte et qui, emmêlant les siècles, les îles, les empires et les âges de leur vie, veillaient à maintenir un reste de protocole dans l'aile d'une citadelle oubliée.

Seule l'une d'elles portait, attaché au cou, un petit carton rectangulaire où était inscrit son nom : Anna Prunelli. Sans doute était-elle la plus insoumise, la plus prompte à la fugue : elle s'était échappée un soir, avait presque couru le long du front de mer, flottant dans sa chemise de nuit, telle une danseuse immense et osseuse qui, répétant sur une scène déserte, allait, dans sa chorégraphie incertaine et survoltée, se cogner parfois contre les pans d'un décor balnéaire. Elle avait fini par s'abattre sur un banc, juste devant le casino du Diamant, où on l'avait découverte à l'aube, frissonnant à peine dans le vent froid de novembre. Décidée, concentrée, presque dure, elle semblait être venue là pour jouer à la dernière extrémité son propre corps, son habit de nuit et cette breloque de carton qu'elle exhibait comme le seul bijou de famille qu'elle possédât encore. Et lui qui — après l'avoir vue passer dans le couloir du long séjour — avait, ce soir-là, aimanté, galvanisé par sa disparition, réussi à trouver la sortie de la Maison Eugénie, l'avait suivie de loin sous les palmiers et s'était assis avec sa valise à ses côtés comme s'il attendait qu'elle ait reconquis ses plaques, son lot de jetons pour embarquer avec elle, l'emmener vers un autre pays.

Il se penchait parfois en avant pour recueillir le mouchoir que leurs mains fatiguées finissaient par lâcher et tentait de le replacer entre leurs doigts qui ne bougeaient pas, gardaient le même écart. Ou bien il ramassait l'une des pages des revues déglinguées qu'elles avaient prise machinalement en passant dans le salon d'accueil : quand, en fin de matinée, le soleil entrait dans la salle, elles la plaquaient sur les yeux ou s'en protégeaient la tête comme si elles s'apprêtaient à traverser une place ou un belvédère incandescent. Lorsque l'une d'elles se levait et paraissait esquisser quelques pas de promenade, il redressait vers le haut sa main droite et comme mû par un très vieil automatisme de déférence, un très ancien réflexe de courtoisie, qui était peut-être le seul rouage d'un mécanisme cérébral qui n'avait pas été abîmé par le temps, il semblait chercher à atteindre son chapeau et à le retirer. Il réussissait presque à toucher sa tempe nue et l'ombre perdue de l'aile de feutre sur ses cheveux blancs, emporté par le souvenir inconscient du geste qu'il accomplissait avant, dès qu'il apercevait de loin, sur le cours Napoléon, une femme qu'il connaissait : la pharmacienne des Salines, la propriétaire de la boutique de canistrelli, la postière qui, le soir, traversait l'avenue en compagnie de ses collègues, avec la même démarche crâne et désolée, sous leurs fichus noirs, de cantinières arpentant, à la fin de la bataille, la plaine de Waterloo. Il s'approchait d'elle avec un respect chaviré, gardait la tête baissée, la voix atone, par peur de lancer une réplique à contretemps, désir tourmenté et secret de trouver les mots qui feraient le plus plaisir à cette femme de passage qui lui accordait une attention amusée, et parfois émue, de quelques instants.

Il ne supportait pas de rester très longtemps dans la salle de télévision, voulait bouger et, quand je l'accompagnais vers le palier, il s'exclamait, oubliant que sa sœur cadette avait disparu, il y avait déjà quelques années : « C'est Juliette !... » Il croyait qu'elle l'attendait, là-bas, dans la pénombre du couloir du long séjour, dans sa robe vert amande, dont elle abaissait, toutes les minutes, la ceinture de soie de manière à la faire « blouser », lui donner plus d'ampleur et surtout laisser respirer son corps tendu et surmené par le théâtre tyrannique, les scènes de chantage affectif et de sadisme suppliant que, depuis si longtemps, lui faisait subir la tante Xavière, avec laquelle elle continuait pourtant à cohabiter par pitié pour la vieille femme, appréhension du remords qu'elle éprouverait si elle l'abandonnait et peur de sa propre solitude. Elle en avait soudain été effrayée le soir où, quelque temps après la mort de Xavière, elle s'était retrouvée, agenouillée devant sa voiture, dont le pneu avant avait crevé, dans le noir du cours Grandval où même les lumières du Pavillon Bleu venaient de s'éteindre. Le cric dans la main gauche, l'autre main enlaçant la roue dont elle n'était pas parvenue à desserrer le moindre boulon, elle s'était mise à pleurer : de conscience qu'il était trop tard pour être — si jamais elle l'avait déjà été un jour — aimée, de lassitude de ce cirque de montagnes, de boulevards et de nuits silencieuses et arides où ne résonnaient que quelques fusillades ou explosions lointaines, échos de celles qu'elle avait entendues pendant la guerre d'Algérie où, seule, les derniers mois, dans son appartement d'Hussein Dey, elle se tenait la nuit, croyant éviter ainsi les tirs de mortiers, accroupie sous la fenêtre, un peu plus ramassée sur elle-même chaque fois qu'éclatait le cri de quelqu'un qui tombait sous une balle. Ces détonations ne faisaient qu'accentuer son découragement d'être condamnée à habiter des terres de violences et de combats où on n'adorait plus que le deuil, où on ne pavoisait plus que pour le sang versé, et d'où il lui faudrait peut-être partir un jour.

Elle avait d'ailleurs fini par quitter la Corse. Il s'en était d'abord étonné, avait failli, quand elle le lui avait annoncé, se révolter contre son départ, puis, de sa petite voix résignée, lui avait dit : « Tu as raison, Juliette... Tu seras plus heureuse, là-bas, sur le continent... » Ce continent d'où lui parvenaient encore, par bouffées qui lui serraient, chaque fois, un peu le cœur, les lumières des théâtres, des bistrots de la rue Laffitte, des galeries du Printemps ; les odeurs de rings, d'autobus et d'affiches tièdes sous la pluie, de velours mouillé au seuil des grands hôtels. Il lui avait fait des signes interminables du quai où il l'avait accompagnée, avait couru cahin-caha sur le chemin de ronde de la citadelle pour apercevoir, une dernière fois, le bateau dans la baie d'Ajaccio, avait remonté la pente des Jardins de l'Empereur, très vite, comme pour ne rien laisser perdre de l'odeur de son départ — de cuir comprimé des valises sur lesquelles ils avaient dû s'agenouiller ensemble pour les refermer, d'étui presque vide de crème de jour, de cendres d'une cigarette qu'elle avait vaguement secouées sur le bord du canapé, de papiers chiffonnés à la dernière minute, de gilet oublié qui serait son premier prétexte pour l'appeler.

Quand elle lui téléphonait de Cannes, où elle vivait désormais chez sa nièce Carole, il lui disait, un peu haletant d'envie, de besoin d'émerveillement, même par procuration, et de désir secret qu'elle revînt quand même un jour : « Tu as la belle vie, alors... » Il ne savait pas que cette « belle vie » se résumait pour elle — lorsqu'elle sortait, le soir, du cabinet médical de Carole auprès de laquelle elle jouait le rôle de secrétaire — à quelques incursions dans la rue d'Antibes où elle flânait le long des boutiques de luxe et, les jours de fin d'hiver, sur la Croisette où, inclinant la tête en arrière, elle se donnait, sur un fond de palmes, de drapeaux et de couronnes lumineuses d'éternel Noël balnéaire, une illusion de ciel de cinéma. Parfois, au printemps, elle allait s'installer à la terrasse du Roma ou du Festival, demeurait d'abord penchée vers son verre de marie-brizard avec un air de détente intimidée, ne relevait le front qu'au bout de plusieurs gorgées, enivrée de cette liberté qu'elle s'accordait enfin et qui redonnait à son visage un halo de beauté, avant de vérifier qu'on ne la prenait pas autour d'elle pour une de ces femmes solitaires, au cœur désœuvré, au sourire avide et cuivré, qui voyaient dans la Côte d'Azur une pépinière d'amants de consolation. Le soir du 14-Juillet, elle embarquait avec Carole pour voir du large le feu d'artifice ; elle s'émerveillait de longer les yachts où on dînait aux flambeaux dans une sorte de royauté brumeuse, d'indifférence irréelle aux bals populaires de la côte ; et c'était elle qui s'exclamait : « Ils ont la belle vie, ceux-là… » avec une jubilation un peu ironique à laquelle elle regrettait aussitôt de s'être abandonnée.

Mais, la plupart du temps, elle se hâtait, après sa journée de travail, de regagner l'immeuble de la rue Montaigne dont le hall était si nu, si gris qu'on aurait dit celui d'une maison des faubourgs du Havre s'il n'y avait eu — lui donnant une vague coloration méditerranéenne, quelques touches de nostalgie solaire — la frise de raisins qui ornait le haut des parois, et vers lesquels essayaient de se tendre les mains de jeunes vendangeurs dont ne subsistait plus qu'un peu d'or de leurs sandales, de bleu de leurs épaules fuyantes, de rose de leurs lèvres où ne s'était pas tout à fait effacé un sourire de volupté malicieuse : il lui suffisait pour qu'elle se sentît accompagnée par eux, de marche en marche, dans une brume d'amour et de plaisir d'arrière-saison.

Après s'être acquittée des tâches ménagères et avoir parcouru l'appartement en tous sens avec le dévouement précipité et spectaculaire d'une gouvernante qui, prise à l'essai, voulait, à tout prix, prouver sa compétence, elle se lovait dans le divan et, les jambes remontées, commençait à appliquer du vernis sur ses ongles de pied avec la concentration sensuelle et ravie d'une jeune fille qui viendrait de découvrir les vertus de la coquetterie. Elle ne bougeait pas, retirée près de la dernière lampe, pour laisser s'aimer Pierre et Carole, ne pas les détourner de leur intimité, attentive pourtant, de loin, au moindre faux accord dans leur conversation, au moindre signe de mésentente dont elle redoutait qu'elle ne s'approfondît et ne vînt ternir cette image d'harmonie qu'ils lui offraient et qu'elle magnifiait à proportion qu'elle avait, depuis longtemps, cessé d'y songer pour elle-même.

Mais Carole ne tardait pas à s'approcher d'elle avec une gratitude tendre comme si elle allait vers une autre mère qui n'aurait jamais cherché, par dépit, à altérer son bonheur, évoquait un scandale politique ou un cas d'injustice sociale. Elle savait que Juliette allait aussitôt s'enflammer, retrouver un éclat de jeunesse rebelle, se mettre à défendre, à partir d'un exemple qui l'indignait, toutes les causes perdues, à passer en revue tous les opprimés de la terre qu'elle appelait, dans des sursauts de colère exaltée qui lui faisaient renverser le flacon et en disperser les gouttes de vernis sur les coussins brodés, à des libérations, à des soulèvements qu'elle n'avait jamais eus pour sa propre existence.

Mais, les derniers temps, elle ne réagissait

plus vraiment, n'avait plus que de rares accents de révolte épuisée, laissait s'éteindre dans ses yeux la lumière des utopies et se retirer loin d'elle le monde et ses pays humiliés. Elle n'appliquait de vernis sur ses ongles que dans un geste d'automatisme détaché comme si son corps s'éloignait aussi, lui devenait étranger. Elle regagnait plus tôt que d'habitude sa chambre où, quelques instants plus tard, Carole la découvrait, assise sur le lit, transie sous la couverture dont, telle une romanichelle glacée, elle s'était enveloppé les épaules. Pour ne pas l'inquiéter et retarder le moment des examens qui révéleraient la gravité de son mal, elle disait que ce n'était qu'un de ces retours du paludisme qu'elle avait contracté, dans sa jeunesse, en Tunisie ; ça la rajeunissait, elle retrouvait les fièvres de son enfance — ajoutait-elle en accompagnant d'un rire qui se voulait insouciant les frissons qui lui électrisaient le dos et la nuque. Mais un matin, afin, sans doute, de ne pas leur imposer ses horaires malades, elle apparut presque fringante dans son tailleur le plus printanier, plus maquillée que d'habitude, et tenant sa valise en toile rouge cerise. Elle s'était décidée à aller faire un « petit séjour » à la clinique de l'Oasis.

Allongée si menue et pâle sur le lit, elle continuerait jusqu'au bout, alors qu'elle se savait perdue, à essayer de se donner l'air d'une vacancière surprise sur la Côte par une maladie passagère d'été, une allergie, plus sérieuse, de saison ; et, regardant de loin les ombres des voiliers sous le ciel déjà brûlant de juin, elle nous demandait de ne pas nous attarder dans la chambre et de profiter, à sa place, de chaque seconde de ce début d'été. Peut-être y avait-il encore dans ses yeux, lorsque je m'approchais du lit, le reproche que je les aie laissés — aussi bien elle que mon père — tant de mois sans nouvelles après le long séjour que j'avais fait au centre des Molini, de l'autre côté de la baie d'Ajaccio, où ils avaient pourtant veillé à ce que l'on m'accueille après mon accident, où ils étaient venus me voir, chaque jour, tout un hiver et, un matin de mai, si fragiles eux-mêmes, m'avaient soulevé ensemble par les bras pour m'aider à accomplir mes premiers pas dans le chemin qui descendait vers la plage de l'Isolella.

Ce reproche, elle ne me l'adressait pas en pensant à elle-même, elle désirait seulement que je ne m'abandonne plus à ma tendance à la disparition, à mon goût des absences répétées, des éclipses prolongées au cours desquelles je ne faisais qu'aggraver sans raison l'écart avec ceux que j'aimais comme si rien ne m'importait davantage que cette recherche inquiète d'absolution, cette demande tremblante de pardon qui me ramenait enfin vers eux.

Le dernier soir, elle me retint et me dit tout doucement, s'excusant presque de la modestie de ce don, ses doigts tâtonnant sur le rebord du drap comme pour atteindre la poignée de la mallette beige, qu'elle me léguait son « Olympia baby » ; je devais simplement aller la chercher dans son bureau de la rue du 24-Août. Je l'emporterais partout, dès lors, et, dans le silence des appartements et des chambres d'hôtel où j'ai travaillé, c'était — alors que je croyais l'entendre murmurer près de moi : « On n'est pas très modernes, tous les deux » — l'ombre de ses doigts qui m'accompagnait, la douceur nerveuse de leur mouvement sur les touches où elle avait tapé tant d'ordonnances en oubliant de demander pour elle-même celles qui, à l'époque, l'auraient peut-être sauvée. Elle ajoutait, d'une voix si exténuée que la rumeur des voitures défilant, au loin, sur la route de La Napoule, la recouvrait presque : « Quand je ne serai plus là, tu l'apprendras en douceur à ton père, n'est-ce pas ?… »

Mais je n'avais pas été particulièrement doux ; je m'étais même montré, aveuglé par ce narcissisme impérieux du chagrin empêchant d'imaginer que quelqu'un, près de soi, pût en éprouver un plus grand encore, assez brusque en lui annonçant un matin, au téléphone — sans l'avoir jamais vraiment tenu au courant de la progression de son mal —, qu'elle venait de mourir. Il avait eu un très long silence : sans doute croyait-il qu'elle continuait à mener la belle vie et ne comprenait-il pas qu'elle se fût interrompue aussi vite. Il était allé ensuite, dans ce qu'il appellerait longtemps « la chambre de Juliette », s'asseoir au bord de son ancien lit, si incrédule qu'il n'arrivait pas à pleurer et plaquait, de plus en plus fort, les mains sur les tempes comme pour retarder le moment où la nouvelle atteindrait sa conscience. Il prit l'habitude de s'allonger là, sans même attendre l'arrivée de la nuit, tourné vers les anges de cristal qui soutenaient les traités d'utopie sociale, de pacification et de désarmement universel qu'elle aimait relire. Il regardait briller dans l'ombre les pointes d'ivoire incrustées dans l'acajou sombre des tiroirs latéraux de son secrétaire qu'elle avait fermés à clef avant de partir. Comme s'il craignait que quelqu'un ne commît une effraction en son absence et n'emportât les seuls secrets qu'elle ait jamais eus, il renonçait, de plus en plus souvent, à sortir, à se rendre à l'épicerie des Jardins de l'Empereur — la cuisine devenant au fil des semaines et comme dans une fin d'état de siège une remise pour boîtes vides —, ou à descendre jusqu'au club du troisième âge pour y déjeuner ou participer aux voyages en autocar à travers la Corse qui, quelle que fût la saison, ne lui apparaissait plus que comme une succession de cols glacés et de forêts plongées dans le noir de l'hiver.

« Elle va arriver... », répétait-il sur le palier de la Maison Eugénie lorsqu'il tendait le bras vers le vide et qu'il essayait de s'approcher, en claudiquant, de la rambarde de l'escalier pour la voir surgir, avec sa valise rouge, dans la fin de lumière qui venait des quais et de la mer. Ou bien il s'écriait : « C'est Mimi... », tentait de courir, au risque de tomber, à la rencontre de sa sœur jumelle pour l'aider à retrouver le trousseau de clefs ou la liasse d'archives prouvant sa part d'héritage de la Vaccareccia, qu'elle gardait en permanence dans son sac et que quelqu'un lui aurait volée avant de se retirer dans l'ombre d'une chambre. Il disait aussi qu'Antoine, que Charlot Lucciani allaient lui rendre visite, oubliant que le premier s'était écroulé en plein maquis, un matin d'automne où il épaulait son fusil pour viser un sanglier, que le cœur du second s'était arrêté, un soir de printemps, sur le balcon de l'hôtel San Carlu où il lisait face au golfe et aux douves de la citadelle. C'étaient ensuite ses amis de la Taverne, dont il ne saurait jamais qu'ils avaient, l'un après l'autre, lâché leur canne sur un chemin, un belvédère ou la place d'un village de l'île.

Tirant sur la poche de sa veste pour la défroisser et se préparer à les accueillir, il répétait avec une telle conviction qu'ils allaient venir, que je m'attendais à les voir monter le grand escalier de la Maison Eugénie. Les morts, alors, devenaient plus vivants que les vivants ; et il me semblait, à mon tour, que ressuscitaient tous ceux que j'avais aimés, qu'ils emplissaient, peu à peu, le couloir du long séjour et venaient m'entourer avec le calme sombre d'une foule s'apprêtant à embarquer un après-midi d'hiver, certains s'appelant de loin en loin pour ne pas se perdre ou se promettre de se garder une place pour faire ensemble la traversée.

Mais la seule dont il n'imaginait jamais qu'elle était là, de retour, dans le couloir, c'était sa compagne presque secrète des dernières années : Maïté Marcelessi. Peut-être la douleur avait-elle effacé en lui jusqu'au désir inconscient de la nommer ; peut-être la violence de la peine avait-elle fait éclater quelque chose dans sa tête, le soir où elle s'était éteinte dans l'appartement de la rue Bonaparte où il se tenait seul, à l'écart, dans un angle du vestibule, sur sa chaise de paille, comme un très lointain parent qui, dans la hiérarchie du deuil, n'avait pas encore le droit d'entrer dans la chambre où elle reposait. Il pleurait, voûté, en silence, ses doigts effilochant, de chagrin, le ruban en satin gris du chapeau qu'elle lui avait offert pour son anniversaire ; il ne réagissait pas quand quelqu'un, emporté par l'élan de condoléances mécaniques, venait lui tapoter l'épaule ou tentait de saisir sa main qui se refusait inconsciemment, se crispait davantage sur le rebord de feutre comme s'il avait peur qu'on ne lui retirât ce dernier souvenir, ce dernier lien avec elle. Il ne releva la tête qu'en entendant la sirène du *San Piero* qui partait pour Nice — ce bateau qu'ils auraient dû prendre pour leur premier voyage à deux, en dehors du club du troisième âge, sur la Côte d'Azur : il lui aurait présenté Juliette et, en se promenant à ses côtés sur la baie des Anges, lui aurait montré qu'il était enfin heureux et était capable, lui aussi, de mener la belle vie.

Et ce fut seulement au moment où s'évanouissait, vers le milieu de la nuit, le tourbillon affairé du deuil, où s'estompait la rumeur des prières que son vieil instinct d'athéisme l'avait empêché de reprendre, même machinalement, qu'il se leva enfin de sa chaise, entra dans la chambre et, rassuré par le reflux des pleureuses, s'approcha du lit où Maïté était étendue. Il n'osait pas se pencher vers son visage, vers ses lèvres comme s'il craignait de commettre une infraction désespérée et il se contentait de caresser les mains croisées sur la robe noire puis de les recouvrir en essayant d'y ajuster ses doigts où demeuraient, collés par les pleurs, les fils du ruban du chapeau qu'il avait défait en silence. Il demeura longtemps ainsi jusqu'à ce qu'on lui demandât de se retirer.

Le lendemain, il suivit le convoi, somnambule, inconscient, désemparé de s'apercevoir, en portant la main à son col, qu'il avait oublié d'y nouer une cravate noire et très vite déporté, sur le chemin du cimetière de Carbucci, loin de la famille, des amis les plus proches de Maïté, avec son allure de vagabond ahuri qui, depuis le bord de la route, se serait laissé entraîner par le mouvement et le noir d'un cortège. Il se mettait à boiter terriblement, dans un déhanchement frénétique et fastidieux qui, à chaque pas, le faisait s'enfoncer davantage dans la terre trempée comme dans une récurrence d'une crise d'hémiplégie dont il semblait rechercher le paroxysme pour lui prouver qu'il n'en avait plus pour très longtemps lui aussi et allait la rejoindre bientôt.

Il était aussi opiniâtre et perdu dans sa douleur que le soir où, à Saint-Arnaud, ma mère était partie de la maison — sans doute pour nous punir du voyage à Bône, qu'il s'était enfin décidé à entreprendre avec moi, dans l'espoir d'obtenir une « gratification » auprès de madame Lleu. D'elle — dont on disait qu'elle était la plus belle femme d'Algérie — je ne verrais, au moment où la porte capitonnée s'ouvrit après son entretien, que les yeux d'un bleu plus clair encore que son turban dans l'ombre des stores qui descendait derrière elle vers l'immense carte du pays où brillaient les multiples emblèmes rouges des Grands Moulins. Il riait, sous les palmiers ensoleillés du cours Bertagna, de fierté des compliments qu'elle lui avait faits et qu'il gardait secrets, du bonheur de la promesse d'une gratification qui arriverait dans les prochains mois. Il m'entraînait à toute allure en répétant « à mon avis, c'est gagné » vers la mer grise, en partie dissimulée par la masse de l'El-Djezaïr illuminé. Et cette promesse lui avait suffi pour se précipiter vers le premier grand magasin du port où, sans penser à lui-même, il m'avait habillé de pied en cap comme si j'étais un voyageur de première classe.

Il était allé à sa recherche à travers les champs de blé, les alentours des marais, le long des fossés et des puits de sable de l'oued asséché où, confondant de loin un éclat de silex avec la lueur du fermoir argenté de son sac, il s'imaginait qu'elle avait pu tomber. Il n'était revenu qu'au petit matin où je l'avais retrouvé assis au bord de la voie ferrée devant la pile des madriers noircis de goudron, dans les derniers halos des feux qui, la nuit, éloignaient les hyènes des cours des domaines. Il se donnait de petits coups de poing contre la tête comme s'il voulait se détruire les tempes, y arrêter toute circulation de sang ou de pensée : son cerveau, cela faisait longtemps que, par amour, il se l'était ruiné. Je l'imitais dans l'ombre des fumées du premier train de marchandises qui roulait lentement près de nous. « Vous avez une case de vide, tous les deux… un boulon en moins… » : voilà ce qu'elle nous avait lancé en revenant, impassible, en fin de matinée, de son échappée nocturne avant de s'enfermer dans sa chambre.

Depuis, j'aurai tout fait — comme lui, de son côté, avec son abaissement volontaire, son existence en solde presque immédiate, les rabais que, sans attendre, il pratiquait de lui-même — pour me conformer à cette expression, l'incorporer et la réaliser dans ma propre vie : il y avait trop eu de vertiges d'égarement nerveux, d'effondrements instantanés, d'abandons fulgurants de tout ce à quoi je croyais, de rituels de faiblesse magique, embrumés par les drogues, plus ou moins dures, de passage qui avaient multiplié les moments de paralysie mentale et les débuts d'amnésie. Il y avait trop eu, aussi, de soumissions paniques à l'égard d'êtres qui avaient fini par me persuader que j'étais plus désaxé qu'ils ne l'étaient eux-mêmes et me laissaient — comme si je me retrouvais devant la porte de la chambre fermée à double tour où nous ne savions pas si elle était entrée pour dormir après sa fugue nocturne, se pomponner ou se tuer — rechercher la faute que j'avais pu commettre pour provoquer un tel mutisme, un tel revirement glacé. Et lorsqu'ils revenaient, ragaillardis, épanouis par la peur que, par leur chantage aux adieux, ils avaient suscitée, j'accueillais leur premier sourire comme une grâce, un miracle qui, seul, était capable de ressusciter en moi le goût de la vie.

Nous nous tenions assis, côte à côte, avec notre case de vide, notre boulon en moins, dans le couloir du long séjour comme dans le corridor de l'appartement de Saint-Arnaud où nous attendions jusqu'au soir d'être atteints par les reflets de la fenêtre de la chambre qu'elle aurait enfin éclairée pour nous prouver qu'elle vivait, nous aimait encore un peu et ne partirait plus jamais. Seule, là-bas, dans la pénombre silencieuse de l'après-midi, demeurait la vieille femme qu'on avait ceinturée dans son fauteuil pour l'empêcher de s'enfuir vers la mer et le casino du Diamant. Les yeux mi-clos, elle paraissait somnoler, mais elle se redressait soudain, parfois, essayait, pour la détacher, de rentrer les doigts sous la sangle de cuir qui lui bloquait la taille ; puis, harassée par ce simple geste, lasse, vaincue, elle tournait très lentement la tête sur elle-même comme si elle suivait les ultimes chutes d'une boule dans les cases d'une roulette sur le point de s'arrêter.

Dans les vagues formes que les ombres et le soleil dessinaient sur le linoléum, il croyait voir des robes abandonnées, en désordre sur le sol, s'écriait avec une inquiétude presque indignée, comme devant des costumes de scène sacrifiés et oubliés dans les coulisses dès la fin de l'unique représentation où ils avaient triomphé, qu'il fallait les enlever de là, qu'elles allaient s'abîmer. Il ajoutait, dans une sorte d'hommage halluciné, que la couturière du « patelin » avait beaucoup travaillé, qu'elle avait habillé tout le mariage : les femmes de la gare, des galeries, de la route des domaines. Je lui parlais de femmes habitant d'autres rues, d'autres quartiers, et dont les noms me revenaient de très loin, dont je ne voyais plus vraiment les visages, que j'inventais peut-être ; et, peu à peu, à force d'imaginer, l'une après l'autre, des silhouettes d'invités, le couloir du long séjour devenait une avenue blanche où, un matin d'été, dans une odeur de blés, d'orangers et d'escarpins brûlants, défilait tout un village en habits de fête. J'étais envahi par une sensation de paix presque joyeuse — de pouvoir accompagner ses visions, d'en prendre le relais. Surtout quand, tourné vers le pan de ciel bleu ou de brume côtière qu'on apercevait sous les stores abaissés aux trois quarts, il disait qu'il voyait beaucoup de bateaux qui partaient, qui arrivaient. Oui, la mer était pleine de voiles, de barques, de fumées de caboteurs — disais-je. Et la baie devenait à ses yeux un carrefour maritime, le port une sorte de Hong Kong du grand Sud.

Il était le seul, au fond, depuis le couloir de la Maison Eugénie, à laisser respirer l'île, à rêver pour elle de grand large. Il ne savait pas que, désormais, la lumière de la mer paraissait ne plus atteindre le bord des rues, qu'on ne se saluait plus, comme avant, de trottoir en trottoir, qu'on voyait dans la silhouette qui vous suivait l'ombre d'un ennemi, que, dans le silence de veillée funèbre qui, à la nuit tombante, descendait vers les places, les jardins et les terrasses des glaciers déserts, n'apparaissaient plus que des trios de jeunes mercenaires. Ils posaient des bombes ou exécutaient les hommes récalcitrants à leurs tentatives de racket avant de remonter dans leurs voitures dont ils faisaient, s'ils étaient poursuivis, exagérément crisser les pneus sur les routes de montagne comme des doublures excitées, des cascadeurs à la petite semaine engagés à la dernière minute dans un feuilleton frauduleux, une série B d'inspiration méditerranéenne. Tels de vieux enfants immatures, ils n'avaient jamais su ce que c'était qu'aimer, préféraient tuer ou détruire plutôt que d'affronter la simple douleur de vivre, de s'abandonner à la souffrance enchantée des départs vers le monde, sa gloire et ses désastres : que représentaient à leurs yeux les bûchers de Bénarès, les gamins exsangues d'Afrique dont la peau s'effritait aussi vite que les paupières des aïeux ou l'écorce des arbres qui mouraient juste avant eux sous les dunes et les vagabonds qui, pour ne pas être asphyxiés par le froid, marchaient des nuits entières sous la neige dans les rues glacées des villes d'Europe ?

Ils finissaient toujours par revenir vers leurs mères qui, même si elles versaient devant leurs meurtres moins des larmes de chagrin que de honte, continuaient à leur offrir, quand ils inclinaient vers elles leurs fronts ou leurs crânes rasés de skinheads repentis, les plis solennels, noirs, rêches et tendus de leurs jupes de deuil comme des reposoirs de pardon.

Puis il oubliait le couloir, ne savait plus qu'il y avait quelqu'un auprès de lui, me tournait le dos, essayait d'atteindre, du bout des doigts, le bouquet — trop haut — de fleurs comme si, dans un geste d'adieu, il lui avait été lancé d'un pont et, manquant le bord d'un quai, s'était échoué sur le toit d'une cahute ou le sommet d'un amas de cordages. Il se mettait à parler tout seul, balbutiait des séries de mots énigmatiques et brouillés par des larmes secrètes qui n'arrivaient pas à éclater.

Mais était-il si différent — dans ses litanies de plus en plus obscures, auxquelles je ne pouvais plus répondre — de ceux qui vous parlaient d'eux-mêmes pendant des heures, ne se tournaient vers vous de temps en temps qu'à la manière d'un comédien qui, seul en scène, a besoin d'un figurant muet pour donner davantage de profondeur à son monologue, réinventaient leur vie, finissaient par ne plus démêler ce qu'ils avaient imaginé ou vécu et bientôt, faute de matière, égrenaient les mêmes bouts de destins qu'ils n'arrivaient pas à embellir ? Étais-je si différent moi-même lorsque, vers la fin d'un amour, je venais, dans le silence beige de son appartement de la rue de la Tour-d'Auvergne, raconter à mon ami Pierre une scène d'avant les adieux, reprenant inlassablement les mêmes expressions qu'on m'avait dites, que j'avais dites, et scandant cette rumination hallucinée par un dérisoire, naïf et vain : « Tu crois qu'il tient encore à moi ?... »

Lui, au moins, il ne se souciait plus d'être écouté, ou aimé. Il n'avait pour tout témoin involontaire que Lullu qui passait et repassait dans le couloir en poussant devant elle le chariot vide des plateaux-repas qu'on lui laissait dans la journée pour l'occuper, lui donner l'illusion qu'elle pouvait encore diriger quelque chose. Elle lui tendait, dans un geste de mansuétude mécanique, un morceau de ce pain, qu'il aimait tant, et dont, longtemps après l'époque de la minoterie, il avait continué à détecter, examinant chaque tranche avant d'en détacher la mie, la qualité de semoule à partir de laquelle elle avait été confectionnée. Il ne se plaignait jamais, ne pleurait pas, sauf le matin où une infirmière lui avait dit que sa fille, Isabelle, avait téléphoné. Il n'arrêtait pas de sangloter et, le menton trempé de larmes, l'avait recherchée jusqu'à la nuit à travers tout l'étage.

Lorsque, quelques mois auparavant, elle était venue, avec sa vaillance discrète, l'installer dans la chambre du long séjour, il l'avait reconnue. Mais il n'y avait pas d'injustice dans cette reconnaissance partiale : on ne reconnaissait, au moment où la mémoire s'éteignait, que ceux qui vous avaient le plus aimé, vous avaient tenu chaud tout au long de votre vie et vous avaient pris la main quand il le fallait. Elle la lui prenait déjà, les dimanches matin quand, de la fenêtre de l'appartement de la rue Ampère à Saint-Arnaud, où je restais cloîtré pour travailler (retardant toujours le moment de terminer un devoir comme pour épouser l'éternité laborieuse, anxieuse et maniaque de la mère qui, là-bas, dans la cuisine, ne cessait d'astiquer les brûleurs en les heurtant parfois l'un contre l'autre dans un bruit de cymbales éraillées), je les regardais partir — lui, tout en gris, et elle, avec l'immense nœud de soie or, pulpeuse et bouffante dans le dos de sa robe. Ils marchaient, décidés et minces, le long des palissades et des ébauches de désert, tel un petit couple de pionniers évangéliques qui communiaient dans la même adoration du monde et de sa lumière.

Quand plus rien ne bougeait dans le couloir du long séjour, que seuls les stores se mettaient à battre dans le vent gris, qu'un dernier pan de lumière basculait vers les chariots et les tables vides, il commençait à trembler de peur et, levant la main vers ce qui restait de clarté dans le ciel, criait : « Les voilà… » Comme les après-midi de juin où, depuis le milieu de l'avenue de la gare — alors que, pour une fois, je l'accompagnais en portant les piles de bons qu'il devait tamponner de wagon en wagon au moment du débarquement des blés les plus mûrs —, il était toujours le premier à apercevoir, précédées par un silence absolu sur les hauts plateaux, un bleu plus profond du ciel, les nappes denses, implacables et noires des sauterelles qui projetaient leurs cercles de nuit sur les murs des ruelles des bas quartiers, telle l'avant-garde d'une armée qui, de très haut, selon une stratégie clandestine, sournoise et patiente, semblait repérer les points les plus vulnérables de la cité par où elle pourrait attaquer.

Il s'époumonait comme s'il voulait prévenir la ville entière de leur arrivée, m'entraînait très vite loin du boulevard, vers les arcades; mais elles s'abattaient déjà partout autour de nous, déchiquetaient les branches des palmiers ramenées instantanément à des rameaux nus et grisâtres d'arbres d'hiver, rongeaient les panneaux des cinémas, les portiques des jardins, les pierres des trottoirs, recouvraient le sol de leur immense masse lascive, grouillante et carnassière et, démantelant les racines, semblaient vouloir atteindre le cœur de la terre, saper les fondements mêmes de la cité et jusqu'aux statues des déesses nourricières de la ville romaine ensevelie. De la pâtisserie Frécon, où nous avions réussi à nous réfugier, nous voyions, emportées, là-bas, par les voiles épais et sombres, les voitures transformées en de hideux fourgons de funérailles et sur les vitres desquels surgissaient parfois les visages de ressuscités hagards de leurs passagers, avant qu'ils ne coulent à nouveau dans les ténèbres. Seul l'évêque, qui, venu pour la préparation de la confirmation, était apparu sur le parvis de l'église au moment du déferlement des insectes, refusait de battre en retraite et multipliait les signes de croix comme s'il voulait exorciser le souffle maléfique avant d'essayer de se délivrer de sa mitre devenue, en quelques secondes, une camisole grésillante ; mais bientôt alourdi, déséquilibré par le volume de sa robe surchargée par les rangées de sauterelles qui, tels d'énormes chapelets mouvants, s'accrochaient aux plis mauves et pourpres, il était contraint de lâcher sa crosse, dont seule une parcelle d'or émergeait du parterre uniformément noir, tandis que les enfants de chœur qui tentaient de le protéger n'accomplissaient autour de lui qu'une sarabande démantibulée, tels des pantins perdus de Dieu.

« Cette fois, c'est la mort des hauts plateaux... », soupirait madame Frécon et il acquiesçait tristement en regardant le chapeau, au ruban cisaillé, posé sur ses genoux, alors que les femmes attablées, plus loin, dans le salon de thé — pour la plupart des épouses de colons, apathiques et parfumées à l'excès —, semblaient, protégées par le sanctuaire des lourdes tentures en satin rose, compter en silence, dans la nuit qui descendait autour d'elles, les robes auxquelles la ruine des récoltes les obligerait à renoncer. Mais il y eut bientôt un cri unanime d'épouvante quand on vit une, puis deux, et très vite plusieurs dizaines de sauterelles glisser sous la porte, venir ronger les tours de biscuits et déchirer les blasons de pâte d'amande qui, depuis des générations, étaient le florilège de la pâtisserie. Elles se levaient précipitamment, allaient se plaquer contre les murs, leurs visages hautains et terrorisés devenant pareils à ceux d'aristocrates en débâcle, d'altesses capturées et voulant se raccrocher à une ultime apparence de dignité avant de passer devant un peloton d'exécution. Elles ne leur laissaient pas le moindre sursis, les sauterelles qui s'agglutinaient dans les paumes de leurs mains ouvertes et raidies comme si elles voulaient y imprimer d'éternels stigmates, meurtrir à tout jamais cette peau si blanche qu'elles n'exposaient pas au soleil des exploitations et dont elles entretenaient le velouté pâle, qui les différenciait des indigènes, par des applications d'huile d'amande douce. Puis les sauterelles montaient lentement le long de leurs robes glacées et mortuaires de statues avant de traverser leur poitrine et de s'enfoncer dans le creux de leur corsage comme si elles voulaient les révulser à l'extrême, provoquer chez elles un maximum d'écœurement, les faire renoncer à leur corps et au souvenir de leur beauté jusqu'à ce qu'elles s'évanouissent et tombent entre les tables, telles les figurines endimanchées d'un bal de marionnettes foudroyé.

C'était à nouveau le silence, il fallait seulement quelques secondes aux sauterelles pour se détacher de la terre et des toits, des terrasses et des places, des grilles et des armatures des stores en lambeaux, voler encore un peu au-dessus de la ville pour s'assurer qu'elles y avaient tout détruit avant de se regrouper et de reformer les nappes tranquilles, inaltérables et secrètes qui disparaissaient très haut dans le ciel, se résumaient à de très vagues nuages gris qui iraient se dissoudre et mourir sur la mer. Le ciel ne reprendrait son bleu qu'au bout de quelques jours, le soleil se réduisait à un globe très pâle comme s'il avait été vidé de toute sa capacité de lumière, n'était plus que la réplique édulcorée de l'astre de la belle saison. Il y avait sur tous les hauts plateaux une clarté incertaine, tout au bord de la pénombre, d'éclipse, mais qui, loin d'avoir été une simple anomalie passagère et inoffensive du système solaire, aurait tout bouleversé, de l'équilibre du monde et de l'ordre des saisons, combinant ce qu'il y avait de plus ravagé, de plus désastreux en chacune d'elles : les terrains laminés par les orages de printemps, les prés brûlés par les neiges de janvier, le retrait de toutes les sources et couleurs de l'été. Il m'amenait sur le chemin des domaines, marchait, tête baissée, inquiet de ce qu'à cause du naufrage des moissons la gratification, qu'on lui avait si souvent promise, fût, une nouvelle fois, sacrifiée et de ce que son emploi même à la minoterie fût menacé dans les prochains mois. Il écoutait de loin les cris de colère des propriétaires contre le destin, le temps et l'injustice de Dieu, de plus en plus las et étouffés à mesure que, hallucinés et comme aveugles, ils avançaient dans leurs champs et culbutaient parmi les pousses tranchées et les gerbes de blé devenues pareilles, tant elles étaient noircies et tordues, à des couronnes funèbres que, depuis des années, on aurait oublié de retirer sur des tombes sans nom.

On se hâtait de rassembler et d'entasser les milliers de sauterelles qui achevaient d'agoniser sur la terre comme si elles avaient succombé sous le poids du déferlement de toute la masse guerrière, représentaient les éléments les plus vulnérables ou novices que l'armée avait sacrifiés en chemin afin de se fortifier et de mieux combattre dans d'autres défilés et d'autres plaines. On allumait très vite de grands bûchers mal arrimés et contenus qui oscillaient, pareils à des radeaux démantibulés qui menaçaient de s'écrouler de toutes parts. Les flammes étaient si hautes et sombres, le crépitement en était si intense qu'on se demandait s'il venait des braises, du bois qui brûlait et expurgeait la fin du mal ou bien des milliers d'élytres des colonnes de sauterelles qui usaient d'une ruse infernale pour se reconstituer et s'élever à nouveau vers le ciel. Il s'en allait, retournait vers la minoterie et la gare, en me redemandant les bons pour l'arrivée des blés, qui ne servaient plus à rien, et me laissait rejoindre les enfants qui, dans les feux moindres qu'ils avaient allumés au bord des chemins, grillaient les sauterelles puis les décortiquaient, en tiraient de très minces faisceaux de chair à peine cuite. Agenouillés, les yeux mi-clos, la tête renversée, ils les absorbaient à la manière d'hosties sauvages, dans le recueillement d'une eucharistie barbare comme si l'incorporation de la chair élastique, fade, cendreuse et gorgée de relents de terre était la seule manière de punir les sauterelles et d'en triompher enfin.

Nous l'abandonnions parfois en juillet sur cette terre dévastée où l'été ne ferait que fissurer davantage les cratères ouverts, dans la plaine, par l'offensive des sauterelles. Je le revoyais, de la fenêtre du train qui nous emmenait à Bône, d'où nous embarquions pour la métropole, et auquel le chuintement presque indistinct de la locomotive, les vitres camouflées par une poussière brune donnaient l'aspect d'un convoi clandestin, agiter son petit chapeau sur le quai et tenter de me crier entre deux bourrasques de sable qui le suffoquaient et lui blanchissaient les lèvres, les yeux envahis par un bleu auquel il oubliait de rêver pour lui-même : « Tu vas voir la mer… La côte Vermeille… » Il s'en allait très vite, disparaissait dans le désert de l'avenue, comme happé par le miroitement des pierres concaves des murs de la minoterie, pareilles à des étagements d'enclumes surchauffées et où, se dispensant de sieste, il ferait des heures supplémentaires pour nous offrir ces vacances en France. Il serait le seul à résister à l'émollience endémique, à l'anesthésie générale des corps et des esprits, aggravée par l'odeur qui, à cette heure, envahissait tout le village — de paille brûlée, de cuir roussi, de chevaux effondrés, de malaria, de harnais et de toiles corrompues s'abîmant, comme à la fin d'une bataille perdue, dans les eaux des marais.

Son unique distraction serait le verre d'anisette glacée qu'il buvait le soir, à la terrasse du café des Étrangers, isolé devant une table du fond, où il déposait son chapeau brûlant, écoutait de loin les conversations des colons qui continuaient à se lamenter sur l'impossible restauration de leurs récoltes. Il goûtait d'abord le soulagement d'avoir pu nous aider à échapper à la fournaise mais, peu à peu, sous l'auvent balancé par le sirocco de la nuit, montait en lui la tristesse que ma mère ait choisi, une fois de plus, le Roussillon comme destination de nos vacances au lieu de nous emmener en Corse, à la Vaccareccia — ce nom qui m'envoûtait par la majesté âpre, l'ampleur rugueuse de ses syllabes — où s'était retiré le grand-père paternel dont, à force d'éloignement, il finirait par se couper lui-même, et que je ne connaîtrais jamais.

Il ne savait pas qu'au lieu d'aller me baigner (et comme j'enviais dans l'autobus qui, à une heure de l'après-midi, nous emmenait de Thuir à Perpignan les adolescents qui, debout dans la travée, le poitrail nu et une serviette sur l'épaule, se saisissaient la nuque et paraissaient déjà s'entraîner vers les flots) j'étais condamné à accompagner ma mère chez les demoiselles Tiné, les couturières jumelles de la rue Mailly : sa seule manière de meubler les vacances était ces essayages répétés de robes de demi-saison qu'elle prévoyait de porter les dimanches d'automne et qu'au dernier moment elle renoncerait à mettre devant lui. Dès que nous arrivions, la vieille servante nous emmenait dans la nuit de l'immense salon aux volets clos. Et bientôt, précédées dans l'ombre par les étincelles des aiguilles plantées dans les coussinets pourpres qu'elles arboraient sur l'avant-bras comme des emblèmes guerriers et par la rutilance noire des bourses de cuir qu'elles portaient à la taille et qui semblaient contenir d'autres armes, minuscules et secrètes, elles apparaissaient, à la fois inflexibles et aériennes dans leurs chaussons et leurs tuniques immuablement turquoise. Avec leurs visages fardés de blanc, tendus et concentrés à l'extrême, on aurait dit des duettistes s'apprêtant à répéter, dans une salle anonyme et louée pour l'été, un numéro de cirque énigmatique et cruel. Elles encerclaient ma mère, ne lui permettaient pas le moindre mouvement et, sur la statue de soie qu'elles inventaient, plantaient ou retiraient les épingles avec la sûreté et la vitesse machiavéliques de magiciennes qui profitaient du vertige provoqué dans le public par leur gémellité tournoyante pour accomplir leur tour de passe-passe.

Puis ma mère me demandait mon avis. Je finissais par le donner à contrecœur, du bout des lèvres, la gorge nouée par la comédie d'admiration que j'étais obligé de jouer, par ce rôle d'expert en élégance qu'elle me contraignait à assumer, alors que c'était lui qui aurait dû être à ma place, qui rêvait peut-être, du fond de la fournaise de Saint-Arnaud, à cette fraîcheur silencieuse de vaste cabine de paquebot, à cette occasion, qui lui aurait été enfin donnée, de contempler le corps à demi dénudé, soumis et détendu de la femme qu'il aimait et dont, depuis des années, il n'avait même plus le droit de frôler la peau. Il aurait endigué la fuite de la masculinité que je sentais se dérober en moi et s'éteindre au profit de cette complicité féminine que, pour leur plaire, je devais mimer ; et il aurait calmé ma peur d'être prisonnier de ce gynécée clandestin où même l'eau, dans le verre qu'elles me tendaient ensuite pour me récompenser de ma patience et de mon « bon jugement » — cette qualité qu'elles m'accordaient volontiers et qui me révulsait —, me paraissait avoir le goût des échantillons, de leur fard, du papier des magazines de mode, du velours des coussinets et des aiguilles qu'elles tardaient à rengainer.

Quand nous rentrions à Thuir, en fin d'après-midi, il me semblait, en traversant la place de la Sardane, que nous avancions dans une nuit prématurée, alors que les autres — les adolescents qui revenaient des plages — gardaient sur leurs épaules une éternité de sel et de lumière. Lorsque je m'apprêtais à les croiser, je hissais au-dessus de moi, pour qu'ils ne me voient pas, le carton de la robe que ma mère m'avait demandé de porter depuis la descente de l'autobus. Nous regagnions la maison où elle allait immédiatement, comme si elle avait peur d'être prise en flagrant délit de frivolité, suspendre la robe dans l'armoire de sa chambre avant de dissimuler le carton sous le lit. Puis elle prenait un air de souci, de tourment épuisé pour s'accorder d'avance à la tristesse du jardin sur lequel régnait le grand-père, à la peau de galet glacé, impassible dans son fauteuil d'osier comme s'il était resté figé dans le maintien solennel du jour où on l'avait décoré de la Légion d'honneur accrochée au revers de son costume sombre et froissé par la fièvre. Il ne bougeait la main que pour soulever sa canne et, tout en réclamant un énième verre d'eau ou un remède dont il feignait d'oublier qu'elle le lui avait déjà donné, l'abattre sur le dos de la grand-mère qui, depuis l'aube, repassait inlassablement sous les grappes considérables, gorgées de suc et dévorées d'abeilles. Elle n'abandonnait son fer que pour quelques inspirations, immenses et prolongées, qui semblaient être les seules haltes qu'elle s'accordait, les seules pauses qui lui permettaient de reprendre conscience de son corps, de l'été et de sa vie. Il guettait l'instant où, dans la nuit qui tombait, les deux femmes s'abandonnaient à une relative quiétude — quand s'ouvraient les vannes des jardins environnants et que montait vers elles une odeur de dahlias, de ceps et de vergers trempés —, ordonnait qu'elles le raccompagnent dans sa chambre et qu'elles soulèvent le fauteuil où il s'enfonçait davantage pour en aggraver la lourdeur.

Altier et dérisoire, tel un vieil empereur de comédie qu'on aurait oublié de grimer, il tenait, droite contre sa poitrine, sa canne, pareille à un sceptre nu, au dernier emblème d'un pouvoir qui se résumait désormais à des sursauts de cruauté, à des invectives capricieuses lorsqu'il se plaignait qu'elles le balancent un peu trop et manquent le faire tomber. Il jaugeait — en se penchant vers l'une puis vers l'autre comme pour s'assurer de la fidélité d'un reste de cour que, dans son exil orgueilleux et pathétique, il drainait après lui — la vigueur de leurs muscles, la tension correcte de leurs bras maigres et blancs, les rabrouait davantage à chaque oscillation de ce palanquin de fortune qu'elles portaient, essoufflées, muettes, au bord du vertige. Elles se risquaient seulement parfois, le visage éraflé par le tranchant des lamelles d'osier décollées du rebord du fauteuil, à se lancer un regard de peur complice, d'encouragement mutuel à persévérer dans la soumission, la révolte contenue dont elles savaient qu'elles n'oseraient jamais l'exprimer ouvertement. Il redoublait d'invectives, déplorait leur faiblesse, leur absence d'endurance, leur maladresse lorsqu'elles peinaient à passer le fauteuil par la porte du hall et, plus tard, le faisaient glisser trop rapidement sur le lit.

Il mimait, quand il était à peine projeté en avant, un effroi exaspéré, une dignité ulcérée de grand seigneur blême, incrédule devant un tel manque de prévenances. Il s'assurait, en promenant sa main blanchâtre sur le drap, qu'il venait d'être changé et était parfaitement repassé. Il était alors prêt, en plaquant le dos contre l'immense oreiller brodé à ses initiales, à se laisser adorer par elles qui veillaient au moindre détail de la nuit dans la chambre devenue, grâce aux reflets de la lampe à l'abat-jour de satin grenat, un sanctuaire rougeoyant, habité par l'odeur d'éther, d'émail tiède des bassins immaculés, de serviettes bouillantes, de bouquets de lavande et de cire des cierges dont il demandait qu'on les laissât allumés, au moins jusqu'à minuit, afin qu'on vécût autour de lui dans l'anticipation, la menace et l'appréhension du moment où il pousserait son dernier soupir. On croyait qu'il s'endormait enfin derrière *L'Indépendant* qu'il faisait mine de déployer, mais il continuait à n'accorder aucune trêve, réclamait, du fond de l'ombre où on s'était imaginé que la maladie avait fini par le réduire au silence, un peu d'eau de Cologne ou un mouchoir frais, me commandait, pour s'assurer qu'aucun souffle de vie ne risquait de nous atteindre, de partir fermer le portail de la maison.

J'y allais, le cœur lourd, marchant le plus lentement possible le long du mur d'enceinte alors que, sur la terrasse voisine, ballottaient, dans la tramontane du soir, les serviettes des bains de mer qu'on avait suspendues au-dessus d'un canot et de ses pagaies inclinées vers la paroi de pierres blondes. Je tardais à repousser l'immense pan de fer noir, à refermer le portail sur notre grand pays malade et regardais s'étendre dans la rue les reflets roses et bleus du néon du cinéma Comœdia. On entendait au loin les premiers fifres des sardanes du soir. Si mon père avait été là, il m'aurait emmené sous les platanes, se serait immiscé dans la ronde des danseurs, aurait tenté de saisir une main au vol en riant lui-même de ses pas trop endiablés qui ne s'accordaient pas toujours au rythme des tambourins. Je ne lui avouais jamais qu'il me manquait sur les cartes postales de routine que nous lui envoyions en lui souhaitant de ne pas trop souffrir de la chaleur, en lui disant que nous aimerions qu'il fût avec nous « un été prochain » — qui n'arrivait jamais. Et ces petits mots ressemblaient à des gages d'estime de passage que des maîtres accordaient, de temps en temps, à un vieux serviteur, autant peut-être par affection que pour stimuler son abnégation, encourager son dévouement et s'assurer qu'il était prêt, au moins par reconnaissance, à consentir toujours les mêmes sacrifices.

Tandis que j'achevais de refermer le portail, je maudissais le jour où on avait ramené le grand-père de l'établissement de Lodève où j'allais lui rendre visite avec les deux femmes, avançant en silence entre les haies de lauriers-roses parmi les autres visiteurs qui étaient descendus avec nous de l'autocar de Béziers et sur les visages desquels se lisait la même compassion pressée, une sorte de tristesse saturée, d'appréhension lasse et de désir à peine inconscient que tout fût bientôt fini. La plupart du temps, elles me demandaient, par peur de la contagion, de les attendre à quelques mètres du pavillon de briques ocre et grises, sous le mûrier dont les feuilles paraissaient autant brûlées par le soleil que par le vent de fièvre qui circulait autour du bâtiment et de la véranda où se tenaient alignés les malades — ceux, du moins, auxquels on avait permis de sortir de leurs chambres. Ils paraissaient me surveiller de leurs yeux fixes, pâles et cruels, leur peau devenue aussi translucide que la verrière, vaguement décorée par des rameaux de fruits en relief vers lesquels l'un d'eux tendait parfois sa canne comme pour atteindre les couleurs d'un printemps révolu. Cet effort, pourtant si léger, lui arrachait une quinte de toux, à laquelle répondaient presque instantanément d'autres toux, plus ou moins mesurées, sourdes ou emballées, comme s'ils s'accordaient sur une musique, d'eux seuls connue, essayant bientôt, dans la solidarité grisée de leur douleur commune, de tenir une note unique, qu'ils allaient chercher tout au fond de leur poitrine, dans une déchirure plus intime de la plèvre. Cette note à la fois souveraine et désespérée, impitoyable et perdue, fastueuse et malade qui retombait bientôt, se dispersait dans un désordre de gammes éraillées qui me fascinaient et m'épouvantaient, là-bas, sous le mûrier où les deux femmes finissaient par me rejoindre, accablées non pas tant par le constat de l'aggravation de son mal que par le nombre de tâches qu'il leur avait ordonné d'accomplir à distance. Elles se les récitaient l'une à l'autre dans un inventaire précipité, avant de me demander d'en retenir la liste, à mon tour, puisque j'étais jeune et que j'avais toute la mémoire devant moi.

Le soir de sa mort, elles m'avaient demandé, juste après qu'il eut cessé de respirer, d'aller chercher le prie-Dieu chez mademoiselle Gauze. J'avais été pris, en chemin, d'un tel fou rire que je dus m'arrêter derrière la maison, dans le couloir de murets où coulait le ruisseau qui descendait des collines de Sainte-Colombe. Je me libérais des étés de fièvre, scandés par ses décrets de despote condamné qui, pendant si longtemps, nous avaient retenus cloués auprès de lui, me vengeais de ce qu'il eût choisi pour mourir la veille du jour où je devais embarquer pour la Corse, y rencontrer enfin mon grand-père paternel : il avait donc réussi à rendre caduc le billet bleu et blanc de la compagnie de navigation que, depuis des semaines, je regardais en secret dans le tiroir de la chambre.

C'était aussi là-bas, dans l'ombre du couloir de pierres, que je m'étais réfugié l'après-midi où — du temps où, pour accumuler les certificats de démence qui faciliteraient son divorce, ma mère traînait mon père de psychiatre en psychiatre comme un animal de foire écervelé et impotent qui ne parvenait plus à exécuter son numéro et dont on ne savait comment se débarrasser — elle avait couru depuis l'arrêt du car de Perpignan, avait traversé, à toute allure, la maison jusqu'au jardin où je me tenais assis à côté de la grand-mère, s'était campée sous le ciel pourpre et noir de la treille grillée, s'écriant : « Vous savez ce qu'il m'a dit ?... », avant d'ajouter, au bout de quelques secondes, telle une tragédienne essoufflée mais sûre de son dernier effet, du coup de grâce qu'elle portait à la dernière chance de paix : « Il paraît que je couche avec mon fils. »

Elle m'avait fixé en me saisissant le bras pour que je fusse son allié définitif et vérifier que la honte épouvantée qu'elle s'imaginait provoquer en moi allait me le faire rejeter à jamais. Mais c'était l'un et l'autre que je décidai sur-le-champ de ne plus aimer. Ils avaient assez bousillé ma jeunesse ; je n'avais été pour eux qu'un arbitre inexpérimenté qui s'aventurait trop avant dans l'aire des coups et que, dans le déroulement de leur combat, ils n'hésitaient pas à cogner au passage. Je me jurai, tout en essayant de soulever le socle en fer noir de la vanne pour inonder les jardins autour, ruiner toutes les fleurs qu'on s'apprêtait à cueillir pour les défilés floraux de juillet, de quitter cette maison le plus tôt possible, de ne plus jamais les revoir ; je ne leur demanderais rien, je me passerais de leur regard sur ma vie, mes amours et mes éventuelles réussites, et mes amis, seuls, me tiendraient lieu de famille.

J'avais longtemps tenu parole. Mais il était trop tard, aujourd'hui, pour me servir d'eux et de leurs vieux désastres comme d'un alibi pour justifier mes manques, mes paniques, mes disparitions et ma solitude. La vie me les ramenait du bord de la mer, de ces « maisons de placement », où on ne cherchait la bonne orientation que pour mourir, où, s'ils s'étaient croisés au même étage d'un long séjour et s'étaient retrouvés assis, côte à côte, sur une même véranda au soleil, ils n'auraient pas été capables de se reconnaître, de se souvenir qu'ils avaient vécu, un jour, ensemble et s'étaient peut-être aimés.

« Je vous l'enlève... », me disait, avec un accent un peu ironique, une infirmière qui, en lui prenant le bras, l'emmenait se baigner. Elle le descendait dans l'une des grandes baignoires vertes. Il était si léger, ses épaules étaient si fluettes et son torse, où se fondaient les côtes incertaines, si mince qu'on aurait dit que sa taille n'était pas encore vraiment formée. Il jouait, en riant doucement, avec les coques vides des étuis à savon qui dérivaient dans les remous et qu'il ramenait vers sa poitrine comme une ceinture de petits bateaux désarmés. J'avais l'impression, en l'attendant avec le pyjama que j'avais acheté au rayon cadet des Galeries ajacciennes et qui lui donnerait une allure de lutin rouge lorsque je l'en habillerais après le bain, qu'il était devenu mon enfant, le seul que j'avais eu dans ma vie et que j'aurais jamais.

Je le ramenais le long de la file de ceux qui, avant d'être lavés à leur tour, se tiraient par le col ou le bas de la chemise avec une sorte de tendresse apeurée et solidaire dans le couloir du long séjour où l'odeur de savon, de camphre, d'éponges parfumées l'emportait sur celle, habituelle, de carreaux vieillis, de vapeurs d'éther et de linoléum usé de la Maison Eugénie. Il s'endormait très vite ces jours-là, en tenant tout contre ses cheveux encore mouillés le petit transistor d'où semblait émaner un son postiche de jouet d'ancien Noël.

Il perdait ses dernières forces au fil des visites, toujours aussi rapides, que je lui rendais. Il ne se nourrissait plus, restait, la plupart du temps, allongé sur le lit, les yeux levés vers le plafond et le néon pâle. Il n'avait presque plus de visions, ne s'était redressé qu'une fois, s'étonnant, au moment où, entre deux averses, la fenêtre avait été soudain pleine de lumière, qu'il y eût, là-bas, deux cheminées de minoterie sur le toit de la Villa des Orangers : c'était vrai, les énormes volumes de ciment brut juraient avec la grâce patricienne et désuète du reste de la demeure. Puis il s'était renversé en arrière, harassé par l'irruption de cette lueur de conscience qui avait déchiré la brume de son cerveau. Il n'attendait plus la visite de ses amis disparus qui se seraient donné rendez-vous à l'angle du cours Napoléon pour venir le voir dans l'après-midi. Quand on prononçait devant lui le nom d'Isabelle, les larmes n'affluaient plus dans ses yeux où semblait s'être éteint, à son tour, le reflet d'or de sa robe d'été. Lorsqu'on parvenait à lui faire accomplir encore quelques pas dans le couloir du long séjour, il prenait au passage sur la table, dans un geste d'appropriation mécanique, son paquetage ficelé et allait s'asseoir à côté d'Anna Prunelli. Il ne réagissait plus chaque fois qu'elle essayait de secouer la sangle de cuir qui la retenait au fauteuil, ne l'encourageait plus du regard pour l'inciter à se délivrer et à partir. Il restait recroquevillé sur sa chaise, si amaigri que son pyjama cadet bâillait partout sur son corps et formait de l'entrejambe jusqu'au haut de sa poitrine une seule et grande poche flapie, pareille à celle d'un ancêtre kangourou qui ne pourrait plus rien porter et aurait été abandonné par les siens au bord d'un chemin d'Afrique. Quand Lullu lui offrait, en passant, une tranche de pain, il ne l'amenait plus vers ses lèvres et se contentait de l'émietter, de regarder les boules inégales de mie rouler sur le sol avec un air de désapprobation triste, de blâme amer comme si elle avait été faite d'une mauvaise farine trafiquée ou abîmée par l'hiver.

La dernière fois, j'avais failli ne pas le voir, emporté par le vertige de vanité grisée (et combien de prétextes hystériques, de motifs de dispersion plus ou moins exaltée avais-je trouvés dans ma vie pour me détourner de moi-même, du devoir d'écrire, d'aimer et d'aider ceux que j'aurais pu sauver) avec laquelle j'étais allé de bibliothèque en bibliothèque à travers le sud de la Corse, me donnant l'allure d'un nabab insulaire, d'un notable excité enchaînant les meetings de village en village, à bord de la voiture conduite par un chauffeur de la mairie puis de l'avion que j'avais pris en coup de vent à l'aéroport de Figari pour arriver à temps à la soirée d'hommage à Marie Susini : je ne serais, au fond, sur la scène du théâtre-crypte d'Ajaccio qu'un bateleur du deuil, un camelot du regret, galvaudant le souvenir de sa rigueur ardente, de ses silences d'écoute sacrée qui, avec le bleu calme de son regard et son maintien de brahmane émacié et solitaire, faisaient, où qu'elle apparût, de la Corse, autour d'elle, une lointaine part de l'Inde.

Il était retombé, d'un coup, ce vertige quand j'arrivai, dans la soirée, à l'aéroport d'Ajaccio, presque désert et déjà obscur — les balises s'éteignaient au bord des pistes, on recouvrait de bâches les dernières passerelles. Je me rendais compte, le cœur serré, qu'il n'y aurait plus personne, jamais, pour m'attendre derrière la barrière blanc et bleu, comme avant, les soirs d'été où ils se tenaient en retrait de la foule d'Équateur austère et solennel où dominaient les femmes en noir, alignées comme des vigies impassibles, funèbres et moites, les yeux rougis par l'émotion de retrouvailles qu'elles confondaient déjà avec des moments d'adieux. Il n'y aurait plus Juliette, entourée par les sacs de provisions qu'elle avait faites pour plusieurs semaines à l'avance, le visage inquiet de devoir conduire dans la nuit, de ne pas réussir, peut-être, à faire gravir à sa voiture la pente de la Vaccareccia tellement ravinée et encombrée d'éboulis que le terrain, au bas de la montagne, paraissait avoir subi une secousse sismique ; ni Mimi, encore essoufflée d'avoir couru dans l'aéroport à la recherche de son trousseau de clefs qu'elle avait, pour la énième fois, égaré ; ni lui, bien sûr, qui, à peine m'avait-il embrassé, s'élançait déjà en avant vers le parking comme un éclaireur dépêché par ce petit clan fébrile, tragique, tendu, toujours au bord de la dispute assassine ou de l'effusion nerveuse, et qui ne s'accordait vraiment que les soirs où, assis côte à côte sur le banc vert de la Vaccareccia, ils rêvaient ensemble, d'une même voix, aux jardins, aux vergers et au Relais ressuscités.

Je m'étais senti si seul, si misérable, dans ma chambre de l'hôtel du Golfe, avec, autour, la ville silencieuse dont les artères noires n'étaient plus sillonnées que par des patrouilles de C.R.S. comme dans un temps de couvre-feu, et où ne résonnaient, de loin en loin, que des échos de charges de plastic qui éclataient pour rien comme dans une terreur mimée, une comédie d'Algérie. Il ne les entendait pas de la chambre de la Maison Eugénie où il dormait, ignorant aussi les petits honneurs que j'avais glanés pour compenser peut-être toutes les humiliations, les mises à l'écart qu'il avait subies dans sa vie : ils m'apparaissaient si vains dès lors qu'il n'en était plus le témoin et n'était pas là pour les partager un peu avec moi. J'eus soudain honte de mon éternel sac de nomade survolté, de ce billet d'avion dont je m'étais contenté de décaler l'horaire du matin au début de l'après-midi pour lui rendre visite, lui consacrer au moins quelques heures. Elle s'évanouissait, ma hâte, envenimée par le regret, la jalousie, la peur d'être oublié, à vouloir rejoindre Tateo qui, de son propre aveu, était un papillon qui, le jour, volait dans le ciel de Drouot en quête de saphirs de collection, se posait, la nuit, sur toutes les lèvres vives de Paris et, de toute manière, m'avait déjà glissé entre les doigts.

Si je restais enfin quelques jours auprès de lui, je pourrais peut-être l'aider à mieux s'orienter dans le couloir du long séjour, à se nourrir, à retrouver le goût du pain. Je me levais, traversais le désert d'Ajaccio, à cinq heures du matin, allais m'asseoir dans le square, devant la Maison Eugénie encore fermée. Je regardais s'éteindre, l'un après l'autre, les lampadaires du front de mer puis l'arc des lumières du casino du Diamant ; un cargo venant de Sardaigne apparaissait dans le silence gris et rose des flots ; et, là-bas, de l'autre côté de la baie, dans le vert épais des montagnes, se mettaient à scintiller les fins de glaciers, les clochers, les pierres des belvédères, les croix et les torrents de cette île que je commençais peut-être à aimer vraiment, à côté de laquelle j'étais trop longtemps passé, comme j'étais passé, dans ma vie, à côté de villes, de pays ou d'êtres que j'imaginais, que je désirais plus énigmatiques, inquiétants et habités d'ombres funestes qu'ils ne l'étaient en réalité, n'en retenant les détails les plus sombres que pour mieux étayer mes échafaudages de pensées noires, soutenir mon pessimisme atavique, outré et superstitieux.

Je retrouvais la tendresse que j'avais eue pour l'île, du temps de ma jeunesse, quand je m'abandonnais à l'illusion de revenir vers une terre natale, me donnais un leurre de racines grâce à la longueur des étés immobiles passés entre les murs de la Vaccareccia dans l'odeur des persiennes usées et brûlantes, des cartes tièdes des réussites d'après-midi, à la douceur rituelle des promenades du soir avec Juliette dans la brume des feux mal éteints et à la gaieté cérémonieuse du banquet de septembre autour du sanglier tué par Antoine dans la vallée de la Gravona et dont on conservait comme un talisman le lit de fougères ensanglantées où il s'était écroulé.

Le hall de la Maison Eugénie s'éclairait enfin. Toutes les portes des chambres restaient ouvertes sur le couloir du long séjour. Les vieilles femmes dormaient encore, le drap de dessus largement rabattu sur le côté droit comme si elles avaient voulu se lever, s'enfuir mais y avaient renoncé au dernier moment. Les initiales bleu roi étaient si épaisses et bombées sur le col de leurs chemises de nuit qu'on aurait dit, de loin, dans la pénombre, des galbes de broches qu'elles auraient oublié de retirer avant de s'endormir. Leurs cheveux, d'où, au cours de leur sommeil, était descendue la barrette échouée au bas de l'oreiller, paraissaient plus blancs encore d'être dénoués autour de leurs visages presque beaux et animés, comme si c'était seulement dans les rêves que leur esprit se mettait à bouger, que revenaient en elles des bouts de vie, de paysages et d'amour.

J'ai eu peur, d'abord, quand j'ai vu que tout était ordonné et net dans sa chambre. La bourse de rasoirs Bic jetables était posée sur l'étagère. L'imperméable du Printemps était plié sur le dossier de la chaise ; sur la table reposait son chapeau dont le papillon de satin du ruban recourbé paraissait palpiter dans le début du jour. Sa valise de cuir brun, aux angles ferrés, était là, près du lit, comme pour un matin de départ. Il était étendu dans son costume gris, aux fines rayures blanches, tel un voyageur qui s'apercevrait qu'il s'est préparé trop tôt, qu'il peut rester encore un peu dans la chambre d'hôtel d'une ville étrangère en attendant que s'ouvrent les barrières du port. Sa main ne tremblait presque pas, ne cherchait pas à se rabattre vers la poche de sa veste enfin plate comme s'il en avait retiré le portefeuille et son entassement d'articles et de papiers minuscules ; elle n'essayait plus de se lever vers le toit de la Villa des Orangers ou la terrasse de la Résidence des Îles. Il ne voyait plus, au loin, de sentinelle sombre qui, juchée sur un pylône, l'aurait en permanence menacé. Il semblait ne plus avoir peur, ne plus avoir envie de fuir avec son paquetage de déserteur paniqué qui avait, d'ailleurs, disparu de la chambre. La peau de son visage était calme, bien rasée, comme rajeunie ; sa mèche grise, humectée d'un peu d'eau de Cologne, recouvrait presque, en haut de la tempe gauche, la cicatrice de son « petit accident » du cours Napoléon. Et puis, dominant la musique du transistor rouge qui grésillait à peine comme s'il avait presque rejoint la bonne fréquence de sa vie, il me disait — les mots arrivant tranquilles, sûrs et clairs sur ses lèvres : « Tu vas m'emmener ?... On retourne à la maison ?... » Mais je ne savais pas de laquelle de ces maisons, où nous n'avions été que de passage, il voulait parler : de l'immeuble, peut-être disparu, de Saint-Arnaud, de l'hôtel de la rue Saussier-Leroy, de la Vaccareccia, ou de la maison rêvée où je n'avais pas prévu ou même imaginé qu'il pourrait vivre un jour à mes côtés.

Il me regardait pourtant avec une telle conviction, une telle ferveur volontaire, un tel besoin, même inconscient, d'espoir de retour que je l'aidais à se lever en lui prenant le bras, lui mettais l'imperméable dont le beige n'avait jamais été aussi lumineux comme s'il venait à peine de le choisir au rayon du Printemps ; puis son chapeau qui ne s'adaptait plus à sa tête amaigrie et lui descendait presque jusqu'aux yeux. Il tenait à prendre lui-même la poignée de sa valise, très légère. Elle contenait juste quelques chemises, ses tricots de corps, son survêtement au bleu pâli de marathonien qui courait encore un peu pour le plaisir, pour la fatigue ; et sa robe de chambre d'été en soie jaune et noire, devenue si ample qu'en la mettant il aurait paru affublé d'un kimono géant d'exposition. Il hésitait quelques secondes sur le seuil de la chambre, craignait peut-être que quelqu'un ne surgît pour contrarier ou empêcher notre départ. Au bout du couloir du long séjour, la baie vitrée s'illuminait. On aurait dit, là-bas, un chapiteau très haut, très blanc, qui occupait tout l'horizon puis retombait, avec juste quelques pliures plus sombres de la toile, de chaque côté de la baie.

« C'est les cigognes... », criait-il presque en levant, ébloui, la main gauche vers elles. Elles recouvraient les palmiers du front de mer, les douves de la citadelle, la chapelle des Grecs, toutes les plages, et notre vie, à tous les deux, qui entrions pour une fois dans la même lumière. Il se mettait à les compter, ne baissait la voix que pour que je les compte à mon tour. Mais il allait plus vite, franchissait les dizaines à toute allure, me devançait déjà. Et parce que certaines se détachaient, s'envolaient vers la pointe de l'Isolella et des caps plus chauds, il me regardait avec son air d'émerveillement inquiet de toujours et me demandait : « Elles vont rester un peu ?... Elles ne vont pas s'en aller tout de suite, hein, mon fils ?... » On m'avait dit que, lorsqu'il me reconnaîtrait, ce serait la fin. Elle commençait et, main dans la main, nous marchions vers elle.

DU MÊME AUTEUR

Aux Éditions Gallimard

LES QUARTIERS D'HIVER, *roman*, prix Médicis, 1990 (Folio n° 2428).

LE SILENCE DES PASSIONS, *roman*, prix Valery-Larbaud, 1994 (Folio n° 2749).

MADAME ARNOUL, *roman*, prix du Livre-Inter, 1995 (Folio n° 2925).

LONG SÉJOUR, *roman*, prix Jean-Freustié, 1998.

Chez d'autres éditeurs

MALLARMÉ, *essai* (Hatier, 1974).

LA MÉMOIRE BRÛLÉE, *roman* (Le Seuil, 1979).

LALIBELA OU LA MORT NOMADE, *roman* (Ramsay, 1981).

L'HEURE DES ADIEUX, *roman* (Le Seuil, 1985. Prix littéraire des radios libres).

LE PASSAGE DES PRINCES, *roman* (Ramsay, 1988. Prix Lucien-Tisserand de l'Académie française).

Composition Interligne.
Impression Bussière à Saint-Amand (Cher),
le 23 janvier 2000.
Dépôt légal : janvier 2000.
Numéro d'imprimeur : 237.
ISBN 2-07-041179-6./Imprimé en France.

93068